Peter van Gestel

Uit het leven van Ko Kruier

met tekeningen van Peter van Straaten

Ko

Fontein

Eerste druk mei 1984
Tweede druk juni 1985
Derde druk oktober 1985

(Bekroond met een Zilveren Griffel 1985)

ISBN 90 261 1283 1
De verhalen uit dit boek zijn eerder gepubliceerd in *Goochem*, de jeugdpagina van *Het Parool*.

© 1984 Uitgeverij De Fontein bv, Postbus 1, 3740 AA Baarn
Omslag en tekeningen: Peter van Straaten

All rights reserved. No part of this publication may be reproduced or transmitted, in any form or by any means, without written permission from the publisher.

Verspreiding voor België:
Uitgeverij Westland nv, Schoten

Inhoud

Dagboek van Ko Kruier 7
Fiets 10
Briefje 13
Zandvoort 16
Televisiester 20
Spijbelen 24
Wanda 27
Hondedrol 30
Spreekbeurt 33
Klassefeest 36
Spijkerbroek 39
Tallulah 43
Blauwe vogel 50
Zondag 53
Vale Wimpers 56
Dieuwertje 59
Een lege pagina 62
Meisje 65
Gorilla 68
Haast 71
Rusland 74
Kathedraal 77
Schoolkrant 81
Geld verdienen 85
Chinees eten 88
Bij de dokter 92
Koorts 96
Een brave held 99
Ontmoetingen 106
Barbecue 107
Gesprek 111
1 + 1 114
Determineren 117
Oma Jo 121
Als ik leraar was 130
Regen 134
Dagboek van Ko Kruier 138

Dagboek van Ko Kruier

Op een kille avond in augustus, toen een felle wind het raam van zijn kamer deed klapperen en alleen een lampje op zijn werktafel nog brandde, besloot Ko Kruier, de veertienjarige held van ons verhaal, om aan een dagboek te beginnen. De woonkamer had hij geruisloos verlaten toen zijn vader in slaap was gevallen en zijn moeder, met haar ene oog naar naald en draad kijkende en met haar andere naar een kleurig en rumoerig teeveeprogramma, zijn spijkerbroek verstelde – een broek waar Ko zich bijzonder aan had gehecht omdat het zijn enige was.
Ko keek naar de eerste en nog onbeschreven pagina van een nieuw schrift. De regels, begreep hij, zouden niet vanzelf komen. Wat een dagboek precies inhield, wist hij niet, maar misschien zou hij daar deze avond achterkomen.
En Ko begon:
'Zondag... Ik ben niet geheel gekleed en daarom moet ik maar wat schrijven in jou, dagboek, dat hier voor me ligt en waar nog niks in staat. Ja, nu dan wel, de eerste regel die door andere gevolgd zal worden, reken maar. Vanavond heb ik een belangrijk besluit genomen. Ik

ga mijn kamer schilderen, ik ga alle wanden wit maken en de deur rood, zodat het mijn kamer zal zijn en niet meer een van de kamers in het huis van mijn ouders. Morgen koop ik een bus rooie en een bus witte verf, ik geloof dat er nog wat geld in mijn achterzak zit, maar dat is er misschien al uitgerold nu ma hem maakt, die broek, en die broek natuurlijk door elkaar schudt als haar dat zo uitkomt. Ik hoef geen koelkastje op mijn kamer zoals Jan Hendrik, die niet van lauwe pils houdt en geen hekel heeft aan dat gepruttel en gezoem van een koelkast die nooit es stil wil zijn, maar altijd aan het rommelen is, omdat het anders binnenin hem niet koud blijft. Een kamer moet op je lijken, zei iemand laatst. Maar Jan Hendrik lijkt toch niet op een kamer met een koelkast? En zou ik moeten lijken op een witte kamer met een rooie deur? Het zal wel weer anders bedoeld zijn. Mensen kunnen beter precies zeggen wat ze bedoelen, anders kom je er nooit uit. Vaak als ik naar mezelf luister, weet ik ook niet precies wat ik bedoel, en dan probeer ik er al pratende achter te komen wat ik aan het bedoelen ben.
Dit jaar geen vakantie in het buitenland gehad, geen last van buikkrampen daardoor, al ben je dan ook niet echt met vakantie als je iedere dag van die bleke kaas op je brood hebt of chocopasta, en een ketting die voortdurend van je fiets loopt. Al die dingen die zo gewoontjes zijn en waar je even geen zin in hebt zoals pa zegt, die weinig plezier heeft gehad in dat badplaatsje dat je in Amsterdam bijna vanuit je zolderraam kunt zien, met die regen 's ochtends en 's middags en pa dan maar staan in die kamer vol bloempotten zonder planten en rotanstoelen. Met z'n handen in z'n zakken stond pa wel erg vaak bij het raam, en dan kijken naar de regen, en de regen kijken naar hem, en niet reageren als ik zeg dat het helemaal niks uitmaakt of je nat wordt of niet, want vakantie is vakantie, nietwaar, als je zwemt word je ook nat, en heb je ook plezier, dus waarom zou je geen plezier hebben als je nat wordt wanneer je niet zwemt. En ma had heel vaak last van jeuk onder haar voet, en dat kwam dan van de zenuwen, of van het zand van het strand volgens mij. We maakten met z'n drieën wel es een fietstochtje, ook niks, want pa krijgt altijd dorst op momenten dat er niks te drinken in de buurt is, of honger als ma de broodjes is vergeten, nee nee, het volgende jaar neem ik ze denk ik niet meer mee met vakantie.
Morgen begint de school. Omdat ik op het nippertje ben overgegaan, zal het wel hard werken worden, ja, als ik op het nippertje was blijven

zitten, dan had ik een wat rustiger jaar gekregen, en dan misschien wat te vertellen gehad in de klas. Volgens pa kan ik heel goed leren, maar ma weet het nog zo net niet, en af en toe ben ik geneigd om haar gelijk te geven, 't is niet dat alles het ene oor ingaat en het andere uit, nee nee, soms blijven de gehoorpoorten gewoon dicht, en zit ik heel ernstig te luisteren naar iets waarnaar ik niet luister. En ik let op Wanda, Nathalie, Tallulah en al die andere grietjes van hier met namen van ver, terwijl de leraar als-ie me zo stil en braaf ziet zitten, niet anders kan denken dan dat ik in een leergierige bui ben. Maar dit jaar zal ik mijn best doen. Maar 'je best doen' is niet iets dat je de hele dag kunt volhouden, je eet net zo goed niet de hele dag en je denkt toch ook niet urenlang aan de kleur blauw. Ik herinner me nu dat Hitsuiker, die wanhopig probeert enkele geheimen van de wiskunde voor me te ontsluieren, even voor de vakantie tegen me zei: 'Je bent een eigenaardig exemplaar van de menselijke soort, Kruier. Je ziet er bedrieglijk gewoon uit. En altijd maar verbaasd kijken. Terwijl het enige dat je echt zou moeten verbazen, niet te zien is voor je: jezelf, Ko Kruier. Je denkt te veel in omwegen. Op die manier is het een veel te lange reis naar de oplossing van een of ander eenvoudig vraagstukje. Maar kop op, Kruier, de zon schijnt ook voor de dwazen en gekken.' Dat laatste is waar. De zon schijnt voor Hitsuiker en mij, en voor Wanda en Nathalie, die allebei meer op de zon letten dan op mij. Ik geloof niet dat dit een goed begin van een dagboek is, maar het is in ieder geval een begin.'

Tevreden legde Ko zijn pen weg. Hij voelde zich uitgeput en voldaan. Was dit even werken geweest! Nu was hij te moe om het te lezen. Dat kwam morgen wel. Misschien zou hij dan iets meer begrijpen van die vreemde Ko Kruier. Hij ging languit op z'n bed liggen, krabde op z'n blote benen, en bekeek zijn kamer die er over een tijdje lang niet meer zo grauw en ongezellig zou uitzien.
Ko geeuwde.
Dat schilderen was vast vermoeiend. Hij moest het nog maar even uitstellen. Maar de dag dat hij hier met verf en kwast tekeer zou gaan, zou zeker komen. Even later schrok Ko wakker omdat zijn moeder heel luid riep: 'Je broek is weer heel'.

Fiets

Ko Kruier liet van een restje spaargeld een duur slot bevestigen op zijn fiets. In de handen van een kolossale rijwielhandelaar zag het ding er vrij breekbaar uit. De man verzekerde hem dat het nog niet door een gorilla om te buigen was. Het volgende gebeurde: Niet zijn oude en verroeste fiets bleek op een middag gestolen, maar het spiksplinternieuwe slot. Ecn week later werd ook de fiets gestolen.
Ko kreeg een andere fiets.
In de schoolstalling durfde hij hem rustig neer te zetten. Na een dag was de bel gestolen. Het deerde Ko niet. Hij liet de bel toch nooit rinkelen, want hij vond het al lawaaierig genoeg in de stad. Na een paar dagen was het zadel verdwenen. Niet zo'n ramp. Ko fietste met zwevend achterwerk naar huis. 's Avonds had hij tijdens het televisie-kijken wat spierpijn in z'n dijen. Op een avond toen hij dromerig een te hete kroket at, werd ook deze fiets gestolen.
Ko kreeg niet meteen een nieuwe fiets.
Zelf had hij nog nooit een fiets gestolen. Hij voelde zich altijd een beetje buitengesloten als de andere jongens over hun

diefstallen opschepten. Een van hen had zelfs al een nacht in de cel doorgebracht. Die jongen keek nu anders tegen zijn medeburgers aan. Volgens hem waren alle dikbuikige mannen met korte jacks die te goed zaten, 'stillen'.

Dit overwoog Ko: De eigenaar of de laatste dief is meestal niet in de buurt van de fiets die hij op slot heeft gedaan. Wanneer een fiets niet op slot staat, en er bij voorbeeld aan het stuur een tas hangt waaruit een lang brood steekt, dan is de eigenaar of de laatste dief naar alle waarschijnlijkheid wel in de buurt. Conclusie: De laatste fiets zal mogelijke dieven niet in verleiding brengen.

Toen hij voor de derde keer dat jaar van zijn moeder een oude fiets had gekregen, besloot Ko de proef op de som te nemen.

De prijs van een brood viel hem tegen. Het kostte hem bijna zijn laatste centen. Een plastic tasje kreeg hij gratis van een roodwangig meisje dat geen zin had om alle stuivertjes en dubbeltjes te tellen die Ko op haar uitgestoken hand liet vallen.

Ko peddelde niet helemaal zeker van zijn zaak naar een van de drukste punten van de stad. Hij zette zijn fiets bij een boom, kneep even in het brood, en speurde om zich heen. Hoe kon hij nu iemand worden die niet zo duidelijk bij de fiets met het brood hoorde? Hij vond een eenvoudige oplossing. Een fiets aan de andere kant van de boom werd door hem beetgepakt en heen en weer geschud, waarna hij hem weer tegen de stam terug liet ploffen.

Werd er op hem gelet?

Ko deed z'n handen in z'n zakken en floot onverschillig naar wat vogeltjes, die zo te zien veel aandacht voor het brood hadden. Afblijven! dacht Ko. Snel draaide hij zich om en liep weg. Met trots bedacht hij dat hij misschien de enige in de stad was die zijn fiets zo achter durfde te laten.

Na een half uur keerde Ko terug. Al van grote afstand zag hij dat zijn fiets er nog steeds stond. De andere fiets was weg. Even voelde hij zich schuldig. Was die fiets nu misschien gestolen omdat hij net had gedaan alsof het de zijne was? Het was natuurlijk ook mogelijk dat die fiets gewoon door de rechtmatige eigenaar was meegenomen. Dat kwam toch ook nog wel es voor.

Bij zijn fiets gekomen, keek Ko verbaasd naar het brood. Het was niet gaaf meer. Iemand had er zorgvuldig het kapje afgesneden. Bestolen voelde Ko zich niet. Hij had er begrip voor. Ook hij vond kapjes van wittebrood onweerstaanbaar.

Toen hij naar huis fietste, keek Ko oplettend om zich heen. Hij wilde zo graag iemand zien die een bros kapje tussen duim en wijsvinger hield, en die het genoeglijk aan het oppeuzelen was. Zou het niet aardig zijn als ze elkaar dan vriendelijk zouden toeknikken – als twee mensen die weten dat sommige zaken soms uiterst plezierig geregeld kunnen zijn.

Briefje

Verbaasd keek Ko naar de reclamesticker die door deze of gene was geplakt op het zitvlak van de leraar die met zijn rug naar de klas stond en een krijtje over het bord liet snerpen. Terwijl de man brommerig over het heelal en de sterren sprak, maakte hij tegelijkertijd reclame voor een sneeuwfrisse shampoo. Door de combinatie van deze twee uiteenlopende zaken was Ko niet in staat om goed naar hem te luisteren.
Op het moment dat hij zichzelf bijna met succes had wijsgemaakt dat het krijtje helemaal niet zo akelig piepte, vloog er een propje tegen Ko's voorhoofd. Handig ving hij het met zijn rechterhand op. Nathalie, een meisje met grote oren en kort haar, keek even met gesperde ogen zijn kant op. Voorzichtig maakte Ko van het propje weer een vlak stukje papier. *'Ik heb vannacht van je gedroomd, een heerlijke droom,'* las hij. Geen aanhef. Geen afzender.
Ko loerde om zich heen.
Wie had hem dat briefje gestuurd? Hij nam aan dat het van een meisje was, want wat had hij in de dromen van de andere

jongens te zoeken? De meisjes achter en opzij van hem hadden onmogelijk een propje naar zijn voorhoofd kunnen gooien. Een van hen kon het dus niet geweest zijn. Hij peinsde er niet lang over. Vast en zeker moest het van het meisje met de grote oren afkomstig zijn. Ko keek een tijdje naar haar achterhoofd en vond haar oren opeens lang zo groot niet meer. Die uitstaande dingen maakten haar smalle hals nog smaller dan hij in werkelijkheid was, en ze pasten wonderlijk goed bij haar piekerige haren.

De leraar had zich omgedraaid en wierp met een sierlijk gebaar een krijtstompje richting Ko. 'Niet slapen, Kruier,' zei de man. Er wordt, vond Ko, vandaag wel erg veel naar mijn hoofd gegooid.

Die avond besloot Ko om een briefje terug te schrijven. Hij was er enkele uren mee bezig. *'Zullen we zondag naar het museum gaan?'* Dat was het eerste briefje. Ko verscheurde het. In het tweede briefje stond: *'Zullen we zondag gaan zwemmen?'* Ook dit briefje keurde hij af. Die jongen in haar dromen was ongetwijfeld geen museumbezoeker of een stoere zwemmer. Maar wat was hij dan? Ko kende hem zo slecht. Hij kon toch niet weten wat hij precies in de dromen van het meisje met de grote oren uithaalde. In ieder geval kwam alles wat hij daar deed, de kwaliteit van de droom ten goede, ja, die werd er zelfs heerlijk door. Uiteindelijk werd dit het briefje: *'Ik ben geen bedrog, maar net zo echt als de trein naar Zandvoort – Ko.'* Een beetje moeilijk misschien, maar als hij plezier met haar wilde hebben, moest ze natuurlijk niet al te stom zijn. Ze zou het gezegde 'Dromen zijn bedrog' toch wel kennen?

Ko legde de volgende dag het briefje, waar hij een dun paars lintje om had gestrikt, midden op haar meetkundeschrift. De meisjes waren die ochtend niet helemaal met hun gedachten bij de les. Schokschouderend gaven ze elkaar wat door. Ko keek nieuwsgierig naar hun doen en laten.

Waarom waren ze zo vrolijk?

Nathalie met de grote oren kreeg af en toe van haar buurvrouw een zet, en omdat ze zo teer was, viel ze dan telkens bijna van haar stoel. Ko bedacht dat hij had moeten schrijven: *'Op het perron van onze dromen kan een 'kruier' staan die ons naar Zandvoort wil brengen.'* Wat jammer, dacht hij, dat goede ideeën altijd te laat komen.

Op het schoolplein zei Nathalie, wier oren nu een beetje blauw van de kou waren, tegen hem: 'Je dacht toch zeker niet dat het briefje voor jou bestemd was, Kruier!' Meteen draaide ze zich om en trippelde weg, terwijl ze onverschillig een loodzware tas torste. Ko keek haar na en lette vooral op haar mollige achterwerk dat ritmisch heen en weer bewoog. Fluitend fietste Ko naar huis. Hij vond het wel een veilig idee dat hij nog niets had uitgespookt in haar dromen. De kans was kleiner dat de echte Ko haar zou teleurstellen. Vanavond moest hij haar maar een briefje schrijven waarin hij het een en ander kon rechtzetten. Iedere correspondentie had tenslotte tijd nodig om op gang te komen.

Zandvoort

De trein die Ko en Nathalie naar Zandvoort bracht, gaf een ferme klaroenstoot toen er een hevige regenbui losbarstte. Ko vroeg zich af of treinen dit altijd deden wanneer het begon te regenen. Hij keek naar Nathalie. Het was geen toeval dat ze tegenover hem zat. Waarom, vroeg hij zich af, hebben pa en ma mij toch niks meer dan de kale naam Ko gegeven?
'Het regent,' zei Ko, en na een korte stilte beloofde hij: 'Zandvoort is mooi als het regent.'
'Ik heb geen jas bij me,' zei Nathalie.
'Je mag mijn jas wel aan.'
Ze trok haar bovenlip op. 'Ik ben daar gek,' zei ze.
'We kunnen toch moeilijk de eerste de beste trein naar huis nemen,' zei Ko.
Nathalie's gezicht fleurde op. 'Ja, kan dat?' zei ze opgewekt.
Ko vond het aardig van haar dat ze was meegegaan. Met Nathalie naar Zandvoort – wekenlang had niets hem heerlijker geleken. Nu het echt gebeurde, was hij even vergeten waarom het hem zo heerlijk had geleken.
In zijn zak vond hij twee zindelijk verpakte suikerklontjes.

Hij bood het simpele snoepje aan.
Terwijl Nathalie met getuit mondje aan het sabbelen was, zag ze eruit als een meisje dat Riekje heette of zo. En iemand die Riekje heette, overwoog Ko, was stom genoeg om tijdens noodweer met een sloom jongetje naar Zandvoort te reizen. Een echte Nathalie zou zoiets nooit doen, nee, dat was een meisje dat sliep tussen zacht zijden lakens – in een kamer die zo wit was dat hij nauwelijks bestond. Een Riekje hielp haar moeder bij de afwas, en kreeg zomers rode pukkeltjes van de zon. Ko hield het suikerklontje tussen zijn tanden en lachte. Het meisje sloot haar ogen, en dacht nu vast aan een jongen die de mooie naam François of Alain had.
In Zandvoort vonden ze al snel de boulevard. Traag begonnen ze aan een lange wandeling. Nathalie hield haar handen plat tegen haar oren, die door hun grootte onbedekt nogal last van de wind hadden. Het regende niet meer, maar de wolken dreigden.
'Ze zeggen,' zei Nathalie dromerig, 'dat je verliefd op me bent.'
'Wie?' wilde Ko weten, maar ze verstond hem niet omdat ze haar oren veilig had verborgen.
'Waarom wil je die jas van mij niet aan?' vroeg hij luid.
Ze zuchtte en glimlachte verlegen als iemand die net een liefdesverklaring heeft gehoord.
Ko sloot zijn ogen.
Hij dacht eraan terwijl hij niks meer zag, hoe aardig het zou zijn om met een meisje over een eindeloos lange boulevard te lopen – op een gure dag, zodat er geen andere mensen in de buurt waren, en niet ver van een wijd strand vol uitspanningen waarvan men de luiken had gesloten omdat er toch geen klanten werden verwacht. Als hij nu zijn ogen zou openen, kon hij deze gedachten niet meer koesteren, want dan gebeurde het gewoon, en wat echt gebeurde was meestal lang zo aardig niet.
'Nu moeten we naar de zee rennen,' zei Nathalie onverwachts.
Het overviel Ko een beetje. Hij zag er ook niet helemaal het

nut van in. Hij opende zijn ogen en ontdekte ver weg de zee. Misschien moest hij alles maar aan haar overlaten.

'Heel hard naar de zee lopen,' zei ze. Ze keek hem uiterst vaag aan. Omdat ze hem nu vast niet goed kon zien, voelde Ko zich ook heel vaag worden. Hij was er niet zeker van of Ko en de jongen met wie ze naar de zee wilde rennen, wel één en dezelfde persoon waren.

Meer vallend dan lopend bereikten ze via een zanderige helling het strand. En daar begon Nathalie te rennen. Met gespreide armen vloog ze naar de zee. Ko volgde haar en deed de knopen van zijn jas los.

Bij de zee gekomen bleef Nathalie staan. Ze streek door haar haren die, kort als ze waren, toch nog wild door de wind werden bewogen. Op het puntje van haar neus zaten wat korreltjes zand.

Ze liepen terug naar de boulevard en terwijl Ko erachter kwam dat op zijn neuspuntje geen zandkorrels zaten, bekende ze hem dat ze niet echt van hem hield. 'Dat moet je niet erg vinden,' zei Nathalie. 'Maar over een tijdje ben je me vergeten. Ik heb me vergist. O, ik vergis me zo vaak. Niet jouw schuld. Allemaal – allemaal mijn schuld. O, ik vind mezelf soms zo gemeen.'

Ko had verbaasd geluisterd.

Waar had ze het over? Ze hadden in elkaars gezelschap een suikerklontje gegeten. Ze waren – en zij iets sneller dan hij – naar de zee gerend. Veel meer was er niet gebeurd.

Zwijgend trok Nathalie zijn jas aan. De wind werd heviger en er vielen al wat druppels op hun hoofd. Af en toe keek Nathalie hem aan en zuchtte diep.

In de trein ging ze ver van hem vandaan zitten. Ze konden allebei denken wat ze wilden, maar Ko dacht niet. In Amsterdam stapte Nathalie uit zonder hem te groeten. Ko ging haar achterna.

Op het perron bleef hij staan, en hij zag haar kleiner worden. Een heel eind van hem vandaan draaide ze zich om en begon naar hem te zwaaien – en zo lang dat het leek alsof ze afscheid nam van iemand die een wereldreis ging maken.

Maar Ko ging morgen weer gewoon naar school. En zij ook.
En dan zouden ze elkaar vast en zeker zien, want ze zaten tenslotte in dezelfde klas.
Ko zwaaide niet.
Die jas, dacht hij, krijg ik morgen wel terug.

Televisiester

Tijdens het aardappelschillen viel het oog van Ko's moeder op een advertentie in de krant die op haar schoot lag. *'Een niet te lange 14-jarige jongen gevraagd voor rol in een televisieserie, beschaafd sprekend en met een typisch Hollands uiterlijk,'* las ze hardop.
'Misschien iets voor neef Wim,' zei Ko.
'Neef Wim,' reageerde zijn moeder bits, 'spreekt niet beschaafd.'
'Wat is een typisch Hollands uiterlijk?' vroeg Ko aarzelend.
'Is dat mooi, is dat lelijk?'
Ko's moeder haalde haar neus op en keek naar Ko's vader, die niet ver van haar in een gemakkelijke stoel zat te slapen. 'Schrijf jij die brief?' vroeg ze luid.
Ko's vader schrok wakker en keek dom de kamer in. Hij ontdekte vrij snel de aardappelschillende vrouw en het leek even alsof hij haar niet thuis kon brengen, ja, alsof ze een totaal onbekende voor hem was. Maar hij herstelde zich snel. 'Al weer aardappelen,' mopperde hij.

'Wat moet ik allemaal doen?' vroeg Ko op een kil perron en niet ver van de trein die hem naar Hilversum moest brengen.
'Dat zeggen ze daar wel,' zei zijn moeder. 'En denk eraan: duidelijk spreken, en netjes, niet hakkelen of brommen, en niet zwaaien met je armen. En als ze zeggen: naar links kijken, moet je niet naar rechts kijken. Wat is je linkerarm?'
Ko tilde zijn rechterarm op. Meteen zag hij het kwaaie hoofd van zijn moeder en gewiekst zei hij: 'Dit niet, nee, dit is mijn rechterarm.'
'En als ze rare dingen willen,' vervolgde zijn moeder, 'dan zeg je maar: dat moet ik eerst thuis vragen.'
'Rare dingen?' vroeg Ko. 'Wat voor rare dingen?'
'Dat weet ik niet,' zei z'n moeder, 'ik ben de televisie niet, maar je hoort er wel van – dat ze kinderen dingen laten doen waar zelfs grote mensen zich voor schamen.'
In de treincoupé lette niemand op Ko. Dat zou misschien anders worden – over een tijdje, wanneer iedereen Ko Kruier na het avondeten op het kleine scherm in de weer had gezien.

'Je lijkt helemaal niet op je foto,' zei een dikke man, die grote slokken koffie nam uit een kartonnen bekertje. 'Je hebt toch niet een foto van een ander opgestuurd?'
'Toen was ik net ziek geweest,' zei Ko.
'Zo te horen,' zei de man, 'ben je in Rotterdam geboren, dat raad ik altijd precies.'
'Ik ben nog nooit in Rotterdam geweest,' zei Ko bits.
De man wendde zich naar een juffrouw die in haar ene hand allerlei velletjes papier had en in haar andere een balpen die veel had geleden. 'Heb je hem al verteld hoe en wat?' vroeg de man.
'Nee,' zei de juffrouw, en meteen daarna tegen Ko: 'Je vader en moeder zijn gescheiden en nou ga jij naar je zusje – kijk, dat meisje daar, dat speelt straks eventjes je zusje – en dan vraag jij: Wat vind jij er nou van? Of zoiets, misschien kan je beter niks vragen, mompel je alleen maar wat, maar je zit er erg mee – met je vader en moeder, want je houdt van allebei evenveel.'
'Of even weinig,' zei de koffiedrinkende man en hij grijnsde

naar iemand die aan de knopjes van een camera friemelde. Tegen Ko bromde hij: 'Nou, vent, trek je maar niks aan van de camera, zijn jouw ouders gescheiden, ja zeker?'
'Nee,' zei Ko. 'Ze zitten allebei thuis, pa heeft een paar dagen vrij en ik mag geen rare dingen doen.'
'Ja!' riep de man oorverdovend luid terwijl hij afstand nam van Ko. 'Daar is de kamer, daar is je zusje, ga je gang.'
Ko keek naar het meisje dat in een zeer verlicht gedeelte van de ruimte op een kaal keukenstoeltje zat en sloom op haar nagels beet. Ze was wat bleek onder al die lampen, en het leek alsof ze op iets of iemand wachtte. Van dat iets wist Ko niks, maar die iemand zou hij wel zijn. Hij had het gevoel alsof zijn maag zich in zijn buik bevond.
'Ja, beginnen,' beval de man. 'Een beetje opschieten, er zitten nog andere jongens te wachten, doe je best, ouders gescheiden, je voelt je rot of juist niet, maak er wat van, en als je wilt huilen, ga je maar gewoon je gang.'
Ik zal daar gek zijn, dacht Ko, en hij dwong zijn benen om naar het meisje en het licht te lopen.
'Jee,' zei Ko zo luid dat iedereen het kon verstaan. 'Jee, m'n fiets is gestolen, mag ik jouw fiets effe lenen?'
'Moet je daar nu over beginnen,' zong het meisje, 'nou pap en mam uit mekaar gaan.'
'Dat die fiets weg is,' zeurde Ko verder, 'dat is toch veel erger.'
'Schitterend!' schreeuwde de man. 'Niet mis, is je ene been wat langer dan het andere?'
Ko wilde uitleggen dat hij z'n benen nauwelijks had kunnen bewegen, maar niemand lette meer op hem. De juffrouw bracht hem naar de uitgang van de studio, gaf hem een gevulde koek en zei: 'Je hoort nog wel van ons'.

Thuis gaf Ko de gevulde koek aan zijn moeder.
'Je krijgt die rol vast niet,' zei zijn moeder terwijl ze de amandel uit de koek peuterde en voorzichtig in haar mond stak.
'Vast wel,' zei Ko. 'Ze vonden het heel mooi, ze wilden weten waarom pa en jij gescheiden waren en ik heb ze ook verteld

dat mijn fiets weer es is gestolen.'
Zijn moeder nam een grote hap van de koek, begon te kauwen en keek Ko peinzend aan.
'Ze zijn daar gek bij de televisie,' zei ze met volle mond.

(Ko kreeg de rol niet.)

Spijbelen

Een grote vrachtauto die schuin op de weg stond, dwong Ko om plotseling te remmen, zodat hij bijna met fiets en al een rare duikeling maakte. Tegen de zijkant van de wagen leunde een zeer zware man die onverschillig en neuriënd een shagje draaide; zijn schoenen maat 48 stonden in een ruime plas bier die de kleur van donkere pis had en de lucht verspreidde van een vergevorderd feestje. Her en der zag Ko kapotte bierflesjes op hun buik liggen. Hij fietste voorzichtig door de plas, want hij wilde niemand bespatten. De man likte met een reuzentong de gomrichel van het vloeitje nat en knipoogde daarbij naar Ko.

Even later was het precies kwart over acht, en verbaasd constateerde Ko dat hij niet naar school fietste. Altijd had hij gedacht dat spijbelen iets was waarvoor je koos. Nooit had hij geweten dat het iets kon zijn dat vanzelf gebeurde. Dat laatste was bij hem nu het geval. Via deze weg die hij ongewild had gekozen, zou hij nooit zijn school bereiken. Over een kwartier zou hij een spijbelaar zijn.

Dapper fietste hij verder.

Zou alles buiten hem om worden geregeld?
Het duurde niet lang of hij reed door een hem onbekende buitenwijk. Het peddelen ging steeds lichter. Zat zijn tas nog op zijn bagagedrager? Ko tastte achter zich en toen hij de dikke leren bobbel aanraakte, voelde hij zich even schuldig omdat hij aan zijn plichten werd herinnerd.
Waar kom je terecht, vroeg Ko zich af, als je niet echt ergens naartoe fietst en je gaat toch door met fietsen?
Gewoontegetrouw bleef hij aan de rechterkant van de weg. Welopgevoed wachtte hij bij stoplichten, terwijl hij dan steeds niet wist of hij straks rechtdoor zou rijden of naar links of rechts zou afslaan.
Tegen negen uur lag de stad achter hem. Nog verder achter hem, wist hij, waren de lessen genadeloos aan de gang. Ko Kruier was een spijbelaar en het was een geheim dat hij alleen met zichzelf deelde.
Omdat hij niets anders had om aan te denken, dacht Ko aan het gesprekje dat hij morgen misschien met de directeur zou hebben.
'Waarom heb je gespijbeld, Kruier?'
'Ik heb niet gespijbeld, meneer. Ik fietste ergens anders naar toe dan ik van plan was.'
'Neem je mij in de maling, Kruier?'
'Voor ik het wist, meneer, was ik de stad uit. M'n fiets ging gewoon z'n eigen gangetje.'
'Je hebt alleen jezelf ermee, Kruier.'
'Ik zal m'n fiets vragen om het nooit meer te doen, meneer.'
Nee nee. Dat laatste moest hij natuurlijk niet zeggen. Ko wilde ook zelden grappig zijn. Maar het gebeurde soms voor hij het kon verhinderen. En hij deed er nooit iemand een plezier mee. Zeker zichzelf niet. Er wordt al genoeg grappig gedaan op de wereld, vond Ko, laat ik het niet nog erger maken.
Als een razende sjeesde Ko over het fietspad langs de snelweg. Nog nimmer had hij zo'n haast gehad om ergens te komen waar hij niks te zoeken had en waar hij ook ongetwijfeld niet werd verwacht.

Een grote vrachtauto die hem loeiend passeerde, deed hem zijn vaart verminderen. Een seconde later stond hij stil – met één voet op het fietspad, met de andere sloom op een pedaal. Ko keek de vrachtauto na.

Was het de bierbrouwerswagen die hij die ochtend in ontredderde toestand had gezien? Vast niet. Dat zou te toevallig zijn. Maar toch kon Ko die gedachte niet van zich afschudden. Stond die grote man nu niet meer in een grote plas bier, maar was hij gewoon braaf aan het werk gegaan? Herstelde de orde altijd maar weer vanzelf?

Ko zuchtte diep en gaf zijn fiets een zwengel. Uiterst traag begon hij aan de lange weg terug. Hij kon zich levendig voorstellen hoe een ontsnapte gevangene zich voelde wanneer die door een ijzersterke cipier naar zijn cel werd teruggebracht.

Wanda

Ko stond midden op het schoolplein toen hij zag dat Wanda – het langste meisje uit zijn klas – zijn kant kwam opgelopen. Meteen deed hij een pas opzij. Maar het bleek al snel dat hij het doel was van haar korte wandeling. Ze bleef staan en zei: 'Jij gaat zeker mijn tas dragen.' Ko kon eerst geen woord uitbrengen. Zo vaak als hij op Wanda lette, zo zelden lette zij op hem. Tijdens repetities lakte ze altijd haar nagels of poeierde ze haar wangetjes terwijl ze zichzelf met koele oogopslag bekeek in een rond spiegeltje. Had ze met de andere meisjes gewed dat Ko zonder morren haar tas zou dragen? Zo sloom was hij toch niet? Ko vroeg zich dit alles bezorgd af, maar op hetzelfde moment stak hij zijn hand al uit.
'Vooruit, geef,' zei hij nors.
Met twee bolle tassen onder z'n armen sjokte Ko achter haar aan. Wanda had er duidelijk geen zin in om naast iemand te lopen die zo aan het sjouwen was. Ze stevende voor hem uit, streek af en toe door haar wapperende haren, en merkte niet dat ijverige stratemakers voor een korte tijd hun werk staakten.

Bij een cafetaria stond ze stil. 'Ik ga hier een ijsje eten,' kondigde ze aan. Hoorde dit misschien ook bij de weddenschap? Ko volgde haar naar binnen en het duurde niet lang of ze zaten tegenover elkaar. De tassen had hij netjes onder het tafeltje gezet. Nu ze haar wangen niet poeierde en haar nagels niet lakte, leek het alsof Wanda zich ietwat verveelde.

De man die de bestelling kwam opnemen, wilde weten of ze wel geld bij zich hadden. Een ja-knikje van Ko stelde hem niet gerust. Hij wilde Ko's centen even met zijn eigen ogen zien.

'Heb je dat vaker – dat ze je niet vertrouwen?' vroeg Wanda terwijl ze iets in haar haren zocht. Tijdens het zoeken kreeg ze een mollig onderkinnetje dat haar niet in het minst ontsierde.

'Zie ik er zo onbetrouwbaar uit?' vroeg Ko. Een aardige vraag! Nu moest ze hem vertellen wat ze van Ko Kruier vond.

'Zou ik niet weten,' zei ze. 'Geen flauw idee.'

Nee. Daar had hij weinig aan.

'Ben je iets kwijt?' vroeg hij, want Wanda bleef in haar haren frommelen.

Ze keek hem vernietigend aan. 'Wat nou,' zei ze, 'waar bemoei jij je mee?'

Het was ook een veel te intieme vraag geweest, dat begreep Ko heel goed. 'Een kam of zo,' mompelde hij. 'Of een haarspeld?'

Wanda deed alsof ze hem niet hoorde.

Op elk van de twee bleke ijsjes zat een verschrompelde kers. 'Wil jij mijn kers?' vroeg Ko. Wanda had juist een veel te grote hap genomen. Ze wapperde met haar handen bij haar opgebolde wangen, haar ogen waren opeens raar klein en voor het eerst sinds hun samenzijn vond Ko haar er wat menselijk uitzien.

'Ik geef niks om zo'n kers,' zei Ko.

'Mmm,' kreunde Wanda, haar ogen keken hem daarbij fel en verontwaardigd aan – alsof de ongewone koude van het

ijsje Ko's schuld was. Ze tilde de coupe op en liet een hoeveelheid zeer nat ijs uit haar mond vallen.
'Wat 'n rottenten ken jij,' zei ze. ''t Smaakt naar gootwater.'
Ko ontdekte dat haar kers min of meer was teruggekeerd op de plek waar hij vandaan was gekomen.
Wanda pakte kwaad haar tas en verliet de zaak.
Ko zag haar langs het enorme raam gaan. Weer zocht ze iets in haar haren.
Ko smikkelde traag, tegelijkertijd keek hij naar het verkrеukelde ijsje dat in de steek was gelaten. Hij zag weer hoe Wanda de coupe vlak bij haar mond hield en zomaar in zijn bijzijn een hele hap ijs uitspuwde. Wat een prachtig gezicht! Het had hem een mooi en warm gevoel van binnen gegeven. Waren ze toen niet even heel dicht bij elkaar geweest! Dat zeer intieme moment met Wanda kon niemand hem meer afnemen.
Terwijl hij nu alleen zijn eigen tas droeg, slenterde Ko terug naar school om zijn fiets te halen.
Hij moest er morgen maar eens achter zien te komen of Wanda haar weddenschap had gewonnen. Hij dacht van niet.

Hondedrol

Toen hij een pas opzij deed voor een boze mevrouw met kinderwagen, stapte Ko in een groene hondedrol. Meteen keek hij om zich heen. Lag er misschien nog ergens een plas van een nu al weer vergeten regenbui? Maar het trottoir was grijs en droog. Hij kon zijn schoen aan de stoeprand schoonvegen. Dat lukte nooit helemaal. Natuurlijk kon hij ook zijn voet beetpakken en met een stuk oud papier de smurrie verwijderen. Maar dan bestond er wel de kans dat hij iets zou ruiken. Ko wist uit ervaring dat dit een diepe en donkere geur kon zijn, die hem voor de verdere dag de eetlust zou ontnemen. Omdat Ko aarzelde, stond hij andere mensen in de weg. Als iedereen liep, kon je beter ook maar lopen, anders gingen de mensen nog denken dat je iets kwaads in de zin had of dat je een troosteloze nietsnut was. Niet ver van hem – bij een geopende deur – stond een vrouw die kennelijk geen lust had om het donkere trapgat in te gaan.
'O, jongen,' riep ze, 'zou jij die tas even voor me naar boven willen dragen? Ik ben zo moe – zo moe.'
'Ik heb poep aan m'n schoen,' zei Ko. Hij hoorde zelf dat dit

klonk als een erg flauwe smoes.
'Doe je schoenen dan even uit.'
Maar Ko wilde zijn schoenen niet aanraken. En hij wilde ook dat vreemde huis niet binnen – zeker niet op zijn sokken.
'Je moet het wel even doen,' schalde de vrouw, 'anders val ik zo plat neer, 't is te gek hoe moe een mens kan zijn.'
Zo goed en zo kwaad als het ging maakte Ko zijn schoen aan de stoeprand schoon.
Het bleek een hele klim. Terwijl de vrouw achter hem een paar keer op bijna huilende toon 'dank je wel' zei, besteeg Ko met een berstensvolle tas drie smalle trappen.
Even later zat Ko in een halfduistere kamer. Het eerste dat hij duidelijk zag was een wat groot uitgevallen hond die plat op een bank lag; zijn kop rustte gemoedelijk tussen de gestrekte poten en z'n ogen waren wijd geopend. Zo te zien had het beest Ko al een aardig tijdje in de gaten. Onverwachts trok de hond zijn neus op en begon te ruiken. Wat prikkelde zijn neus? De hond maakte niet de indruk dat hij daar al een vast omlijnd idee over had.
Angstig vroeg Ko zich af of zijn schoen misschien een oppeppend luchtje verspreidde. Daar kwam het beest al op hem af. Bij Ko gekomen begon hij onuitgenodigd aan de schoen te snuffelen. Uit de keuken klonk de stem van de vrouw: 'Laat ik nou geen cola in huis hebben.' Wat zou hij nu in vredesnaam te drinken krijgen? De hond bleef bezig en gromde vervaarlijk als Ko maar iets van zijn lichaam bewoog.
En Ko kon het denken niet laten. Was hij niet in de hondedrol gestapt, bedacht hij, dan zou er niets zijn gebeurd. De drol van een onbekende hond had hem in een vreemd avontuur gestort.
Zou hij hier ooit wegkomen?
Waarschijnlijk niet.
Die vrouw was nu een duivels drankje aan het brouwen, en die veel te grote hond was natuurlijk haar dienaar in het kwaad. Waar had hij dit aan verdiend? Tranen sprongen in Ko's ogen.

De hond draaide zich teleurgesteld om. Het ruiken had zijn hooggespannen verwachtingen niet beantwoord. Veel te dicht bij Ko begon hij met zijn achterpoot zijn harige nek te krabben.

De vrouw kwam de kamer binnen met een merkwaardig geel drankje; ze gaf Ko het tot de rand toe gevulde glas, waarna ze met een liefdevolle uitdrukking in haar ogen het achterlijf van de hond met haar heksennagels ging bewerken. Het beest had kennelijk een enge jeukziekte.

'Drink maar lekker op,' zei ze.

Ko had daar geen zin in, maar hij durfde geen 'nee' te zeggen. Hij was een slappeling, wist hij nu, die het nooit ver zou brengen. Van die drank zou hij vast jeuk krijgen, ja, misschien zelfs die ziekte van de hond. Wat 'n treurig bericht: veertienjarige middelbare scholier krabt zichzelf dood.

De vrouw zei: 'Je laat je hond toch niet op de stoep bolussen.'

Het laatste woord kende Ko niet, maar hij begreep wat ze bedoelde. En terwijl de hond genotvol kreunde en de vrouw krabde, was Ko het roerend met haar eens.

Spreekbeurt

Omdat Ko zich die middag bedroefd voelde, fietste hij naar de haven, waar hij wegvarende en somber loeiende schepen wilde nakijken. Hij verlangde naar storm en regen. Maar de lucht bleef strak en grijs. En het was ook niet erg koud. Uit ervaring wist Ko dat je in de haven duidelijk kon merken dat de wereld wat meer was dan een verzamelplaats van bouwvallige huizen; een dul oord vol mensen van ongelijke grootte die zich slechts met tegenzin met elkaar bemoeien.

Maar wat had je aan een grote wereld, als je de volgende dag een spreekbeurt moest houden met als onderwerp: *'Hoe ik wandelde door de zalen van het Rijksmuseum en wat ik daar allemaal zag.'* Ko was nu al bang dat zijn spreekbeurt korter zou zijn dan deze titel die hem door de leraar Nederlands – die merkwaardige Sanders – was opgedrongen.

Ik zag allemaal schilderijen, verzon Ko in gedachten, maar verder kwam hij voorlopig niet. Op die manier zou het de kortste spreekbeurt worden die ooit door enig mensenkind was gehouden.

Misschien was het verstandig naar het Rijksmuseum te

gaan. Om daar een kwartiertje echt door de zalen te dwalen. Dan zou Ko morgen in ieder geval weten waarover hij sprak of waarom het niet de moeite waard was om over te spreken. Maar Sanders had gezegd: 'Je mag het natuurlijk allemaal verzinnen, als je het maar een beetje slim verzint.' De man had er wat vals bij gelachen, zodat Ko niet had begrepen of hij het meende of de draak stak.

Ko deelde de titel in tweeën. Hoe ik wandelde door de zalen van het Rijksmuseum, dacht Ko en hij keek verlangend naar de lucht. Waar bleef de regen – en waar bleef de bliksem? Hij vroeg zich af: wat wordt ermee bedoeld? Hoe ik wandelde! Rechtop of krom? Met zwaaiende pas of schuifelend? Onverschillig of leergierig? En hoe loopt iemand precies die leergierig is?

Spelenderwijs had hij nu al een begin gevonden van het verhaal waarmee hij morgen zijn klasgenoten lastig zou moeten vallen. Hij kon ook voordoen hoe hij door die zalen liep. Maar nee, hij was niet van plan om een gratis voorstelling te geven.

Het tweede gedeelte van de titel baarde hem meer zorgen. Wat ik daar allemaal zag! Wat kon je gezien hebben in een gebouw waar je nooit was geweest?

Ko keek naar een boot die langzaam naar de verte voer. Waarom stond hij daar niet op het dek? Ja, dan zou hij vast even naar zichzelf wuiven. Vaarwel, Ko, het ga je goed?

Ko stond voor de klas.

Het was onaangenaam stil om hem heen. Zijn klasgenoten waren nieuwsgierig naar een verhaal dat ook voor hem nog onbekend was.

'Als je belooft dat je ook weer ophoudt, mag je nu beginnen met je spreekbeurt, Kruier,' zei Sanders, en hij ging met zijn rug naar Ko toestaan.

'Hoe ik wandelde door de schilderijen,' begon Ko aarzelend, 'en wat ik allemaal, nee, hoe ik wandelde door het museum en niet door de schilderijen die ik wel te zien kreeg natuurlijk, in het museum, die middag, toen het niet regende en stormde, en al die zalen waar ik door liep, ja vooral de zalen van het Rijksmuseum.'

'Even pauze,' zei Sanders die sussende gebaren maakte naar de lachende jonge mensen tegenover hem.

'Het Rijksmuseum,' begon Ko na een lange stilte, 'is een groot gebouw, met een ingang zodat je naar binnen kan, en als je binnen bent, duurt het niet lang of je bent in de zalen van dat grote gebouw dat Rijksmuseum heet. En ja – ja, een van m'n veters zat los, en die moest ik even vastmaken, en op die manier zag ik niks van al die schilderijen die in het Rijksmuseum hangen.'

Sanders draaide zich naar Ko.

'Die smerige gympjes van jou kunnen me niet schelen,' zei Sanders op ijzige toon. Ko vond het jammer dat het voor hemzelf toch al zo moeilijk te volgen verhaal plotseling werd onderbroken.

'Je bent er niet geweest – in het Rijksmuseum,' zei Sanders. Ko vond het verkeerd om hier melding van te maken, juist nu hij aan het vertellen was wat hij er allemaal had meegemaakt.

'Je kunt gaan zitten,' zei Sanders. Hij krabbelde iets in een klein boekje.

Toen Ko zat, dacht hij met spijt: ik had ook nog willen vertellen hoe die veter brak – het aardigste van het verhaal moest verdorie nog komen!

'Wie dom wil blijven, blijve dom,' zei Sanders.

Ko sloot zijn ogen en zag de haven: een donkere lucht en een groot zwart schip dat statig over het water gleed. Waar het schip naar toe ging wist hij niet. Wel wist hij dat hij graag mee zou willen varen.

Klassefeest

Niemand in de klas – ook Ko niet – wist meer precies wie het klassefeestje had georganiseerd. Het zou in ieder geval die zaterdagavond plaatsvinden in het ouderlijk huis van Tamara, een meisje met zo'n zachte stem dat je haar ook als het verder doodstil was in de klas, nauwelijks kon verstaan. Sanders, die altijd een broek droeg die even grijs en grauw was als z'n snor, had toegezegd een oogje in het zeil te houden. Ko had zich afgevraagd of het onder de leraarsblik van Sanders wel een echt feestje kon worden.
Die avond fietste Ko langzaam naar een verre wijk vol sombere huizen. Hij belde aan bij nummer 16 in de Koloniënstraat, en riep, toen de deur zoemend was opengegaan: 'Is dit het huis van Tamara, ben ik hier goed?'
'Niet zo gillen, jongen,' hoorde Ko een stem zeggen die even later bleek te horen bij een vrouw die het figuur van zijn moeder bezat, maar wier hoofd totaal anders was.
Ko keek in een paar ogen vol schrik en argwaan.
'Hang hier je jas maar op,' zei ze, 'en ga zachtjes, heel zachtjes naar boven, daar vind je de anderen.'

Zo rustig als in zijn vermogen lag, stommelde Ko de trap op en kwam haast vanzelf in een grote kamer, waar hij tot zijn schrik verscheidene klasgenoten aantrof. Waarom schrok hij? Dat had hij toch kunnen verwachten. Zo in een vreemde omgeving herkende Ko ze nauwelijks – vaag herinnerde hij zich dat hij ze wel eens eerder had gezien.
Maar Sanders was duidelijk Sanders.
De man had zijn benen over elkaar geslagen, rookte een pijp en zat op de enige stoel die er was. De komst van Ko stoorde Sanders niet in zijn verhaal.
''t Is een mooie tijd, de dienst,' hoorde Ko terwijl hij geruisloos op de vloer ging zitten. 'Een verrekt mooie tijd, laat je niks wijsmaken door mensen die nog nooit een soldatenbroek om hun weke kont hebben gevoeld!'
Ko keek naar Sanders' zeer wijde broek. Ja, dacht hij, over broeken moet die man het nodig hebben!
'Je wordt een ander,' zei Sanders. 'Een gans ander mens, met een goed hard lijf. Er ontstaat begrip voor de tekortkomingen van je medesoldaten, omdat er begrip ontstaat voor jouw tekortkomingen; je leert elkaar opvangen!'
Tamara stond gebogen met een schaal in haar handen voor Ko. Hij voelde dat ze iets zei. 'Wat wat?' vroeg hij.
'We moeten,' fluisterde Tamara terwijl Ko al liplezende iets probeerde te begrijpen, 'wel een beetje stil zijn, pappa is aan het werk. Een stukje kaas?'
'Ik ga later,' zei Johannes, die altijd als hij sprak de glazen van zijn bril met een lapje schoonpoetste en dan met half dichtgeknepen oogjes om zich heen keek, 'nooit in dienst! Ze schieten elkaar maar in hun eigen tijd dood.'
'O, jongen,' zei Sanders, 'dat is zo simpel gedacht, de geschiedenis zou je duidelijk kunnen maken hoe simpel dat gedacht is. Maar goed goed, dit is geen les, we moeten vrolijk zijn.'

SANDERS Sanders was nu uitgesproken en het werd stil in de feestruimte.
'Gaan we nou nog es dansen?' vroeg een van de meisjes onverwachts. De jongens die allemaal net een stukje kaas aan het vermalen waren, staakten hun gekauw en keken verschrikt op.

'Een beetje zachte muziek wil ik wel maken,' zei Tamara.

Het duurde niet lang of de meisjes schuifelden door de kamer. Ze hielden elkaar losjes bij de schouders vast. Ernstig keken ze elkaar daarbij aan. Het beviel ze duidelijk maar matig dat de jongens niet wensten te dansen.

Omdat iedereen maar heel zachtjes sprak, kon je nog net iets van de muziek horen.

De jongens zaten gehurkt om een denkbeeldig kampvuur, ze bespraken met elkaar hoe je er op eenvoudige wijze voor kon zorgen dat je werd afgekeurd.

'Ik laat me niet afkeuren,' zei Johannes. 'Wat een onzin. Ik weiger gewoon. Ik zie wel wat er van komt. Maar ik zal nooit iets afvuren.'

Ko, die vroeger al een hekel had aan klapperpistooltjes, kon zich dat goed voorstellen. Hij keek even bezorgd naar Sanders. De man luisterde met dichte ogen naar de muziek. Ja, da's waar ook, dacht Ko, er moet ergens muziek zijn. Hij concentreerde zich en hoorde heel ver weg de toeters en snaarinstrumenten van de muzikanten.

Ko keek naar de dansende meisjes, die maar vaag zichtbaar waren omdat de kamer slechts door twee brandende kaarsen werd verlicht.

Heel dichtbij waren ze, maar ook ontzettend ver weg.

En waar droomde Sanders van?

Van de tijd dat hij nog met een geladen geweer door de modder strompelde en zijn lijf almaar harder werd?

'De oorlog aan de oorlog,' zei Johannes luid.

'Zachtjes, zachtjes,' smeekte Tamara, die als een braaf gastvrouwtje tussen de jongens zat.

Dit huis, dacht Ko, is veel te stil voor een feestje, veel te stil voor een oorlog en veel en veel te stil voor dansende meisjes.

Spijkerbroek

Omdat zijn spijkerbroek tot op de draad was versleten, vroeg Ko aan zijn moeder geld om een nieuwe te kopen. Het was niet eens zozeer omdat hij naar een gave broek verlangde, maar hij werd een beetje moe van de opmerkingen die hij moest horen wanneer hij door het huis scharrelde.
In een brede winkelstraat wist Ko een zaak die ruim gesorteerd was in spijkerbroeken.
Wat aarzelend ging Ko naar binnen. Hij was altijd bang dat hij in een winkel niet welkom was. Om de een of andere reden zag hij er niet uit als iemand met een volle portemonnaie, die serieuze plannen tot aankoop had.
In de winkel waren geen klanten.
Nu zou de aandacht van het bedienend personeel zich geheel op hem richten. Onaangenaam!
Achter de toonbank ontwaarde Ko twee oudere heren die doffe grijze pakken droegen en zwijgend naast elkaar stonden. Ze bekeken Ko met mistroostige blik, maar ze vroegen niks. Ze wachtten af. Het jongmens – Ko in dit geval – moest maar een begin maken met de conversatie.

'Ik ben op zoek naar een spijkerbroek,' meldde Ko.
'Dan ben je hier niet verkeerd,' zei de langste.
'Nee,' beaamde de ander, 'dan is hij hier zeer zeker niet verkeerd.'
'En ik wil ook meteen een broekje,' zei Ko.
'Een broekje?' zei de lange. 'Wat bedoelt u? Een heel klein spijkerbroekje – zoiets? Iets dat nauwelijks past en de stoelgang belemmert?'
'Of juist onnodig activeert,' vulde de ander aan.
'Nee nee,' zei Ko, 'ik bedoel een onderbroekje.'
'Ah, een slipje,' zei de lange. 'Ja, ook daar kunnen wij u aan helpen. Zullen we maar beginnen met de spijkerbroek?' En tegen de ander: 'Welke maat denk jij dat meneer heeft?'
'Maatje 28 zo te zien.'
'Gelukkig hebben wij maatjes 28. Een smal pijpje, een wijd pijpje, licht van kleur, donker van kleur? U kunt het beter maar meteen zeggen – dan hoeven wij niet de hele boel overhoop te halen.'
''t Kan mij niet schelen,' zei Ko. 'Als de rits het maar doet.'
'Wij zijn befaamd om onze ritsen,' zei de lange ernstig. 'De mensen komen van heinde en ver – juist om onze ritsen.'
'Ja,' vulde de ander aan, 'mogen wij ook eens trots zijn!'
In een klein hokje met een niet helemaal sluitend gordijn probeerde Ko even later een zeer smalle broek over zijn blote benen te trekken. De broek wilde niet verder dan tot zijn dijen. Ko stak zijn hoofd naar buiten en riep: 'Is dit wel de goeie maat?'
'De vraag geeft het antwoord al,' zei de lange met een zucht.
De ander mopperde: 'Ik dacht toch echt: maatje 28.'
'De maatjes 28 zijn niet meer wat ze geweest zijn,' zei de lange. 'Wij hebben een te ouderwets idee van maten. Geef die jongen een 30-je.'
'Da's toch veel te ruim!'
'Een beetje ruim is niet erg,' zei Ko, 'dan kan ik van alles in de zakken doen.'
Toen de lange het gordijn opzij schoof, had Ko zich nog niet helemaal ontdaan van de te kleine broek. Hij schaamde zich

een beetje omdat hij nu in een rare houding door een volstrekt vreemde werd bekeken.

'Dit is een aardig broekje,' zei de lange. 'Overal zakken, op de gekste plaatsen, precies wat u zoekt, ik prijs mezelf gelukkig.' Hij wierp de broek achteloos naar Ko die hem handig opving, maar daardoor niet kon voorkomen dat de andere tot op zijn enkels zakte. Ja hoor – de nieuwe broek gleed zonder protest over zijn benen en de rits bleek na een secure controle uitstekend te werken.

Met een gelukkige glimlach rondom zijn lippen stapte Ko uit het hokje, hij liep naar de toonbank, waar de twee mannen precies zo naast elkaar stonden als toen hij de zaak binnenkwam.

'Ik neem hem want hij zit lekker,' zei Ko en hij legde zijn oude broek op de toonbank.

'Houdt u hem aan?' vroeg de lange. 'Of wilde u hem reserveren voor feestelijke gelegenheden?'

'Ach nee,' zei Ko, 'ik hou 'm maar aan.'

'Zullen wij dan deze voor u inpakken? Misschien kunt u hem nog gebruiken als u enig schilderwerk in een kraakpandje hebt te verrichten.'

'Nee,' zei Ko, 'gooit u hem maar weg.'

'Weggooien, nou ja, zoals u wilt.' De lange gaf de broek aan de ander. 'Gooi jij hem even weg.'

'Zeker,' zei de ander zonder tot enige actie over te gaan. 'Die zal ik straks even weggooien, daar kan op gerekend worden.'

'Wacht er niet te lang mee,' zei de lange.

'Nee,' zei de ander, 'daar ga ik zeker niet te lang mee wachten.'

''t Is,' zei de lange, 'geen reclame voor de zaak als deze broek zich binnen het gezichtsveld van de klanten bevindt. Ik ga nu even fluks de doos met slipjes pakken.'

De lange beklom uiterst traag en mopperend een wankele ladder en keerde enige tijd later met een grote doos terug.

'De slipjes,' zei hij, terwijl hij de doos opende. 'Meneer zal ongetwijfeld iets van zijn gading kunnen vinden.'

Ko zag een grote hoeveelheid verschillend gekleurde slipjes.

Hij aarzelde. Wat zou hij nemen? Een rood of een blauw, een citroengeel of een helder zwart slipje?
'Dit is wel aardig, hè.' Ko liet de lange een rood slipje zien. 'Vindt u niet?'
'U zegt het,' zei de lange. 'Krijgen de mensen in uw omgeving vaak uw slipje te zien?'
De ander zei: 'Een slipje, dat is onderzocht, wordt maar heel zelden door anderen gezien – er zijn mensen die slipjes dragen, die nooit door anderen worden gezien, heb ik gehoord.'
'Toch neemt het,' zei de lange, 'vaak wel een half uur voor iemand zijn keus heeft gemaakt.'
'Ja, 't is gedaan met de wereld,' zei de ander somber. ''t Wordt niks – de aarde heeft zijn langste tijd gehad.'
'Nou ja, de aarde?' zei de lange. 'De mensheid – de mensheid kan het wel vergeten. Nog even wachten. Als ze slipjes gaan dragen met rode balletjes, met gele cirkeltjes en zo, dan hebben we het wel gehad. Heeft meneer zijn keus al gemaakt?'
Ko zocht haastig een slipje uit, betaalde, bedankte beleefd voor de aangename bediening en verliet snel de zaak.

Tallulah

1

Toen Ko met trage pas door de stenen schoolgang sjokte, werd hij in zijn overpeinzingen gestoord door een meisje dat met heldere stem 'Hé, jij daar!' riep. Hij was niet de enige die door de gang liep, daardoor begreep hij pas dat het voor hem bestemd was, toen eraan werd toegevoegd: 'Ja, jij – met die wije broek!'
Ko stond stil en draaide zich voorzichtig om.
Tallulah kwam kordaat op hem afgestapt. Een wonderlijk uitgedost meisje dat iedere dag weer anders gekleurd in de klas verscheen. Nu eens droeg ze rode laarzen met een ruime rooie trui en een rood bandje in haar haren, dan weer ging ze geheel gekleed in een andere kleur.
Vandaag was Tallulah paars. Zelfs haar lippen waren een beetje paars – zacht glimmend paars zodat ze allerminst een kouwelijke indruk maakte. Op haar wangen zaten een paar nauwelijks zichtbare paarse vlekken. In haar haren: een papieren paarse bloem.
Wat wilde zo'n meisje van hem?

'Jij moet,' zei Tallulah, 'vanavond even dat Franse verhaaltje voor me vertalen, in m'n eentje kan ik dat niet. Vissersplein 18. Om een uur of acht zie ik je wel. Trek wel een andere broek aan, anders laat ik je niet binnen.'
Ko fronste zijn wenkbrauwen. Hij wist helemaal niet of hij wel zou aanbellen, ja, of hij die hele tocht naar het Vissersplein wel zou maken.
'Talloelaa,' zei hij zonder veel reden. Het klonk een beetje naar een visgerecht met veel knoflook.
'Tallúlah,' herhaalde Tallulah met veel nadruk. 'Spreek alsjeblieft mijn naam niet verkeerd uit. Kom niet te laat want mijn ouders zijn om elf uur weer thuis.'
'Ik ben niet zo goed in Frans,' zei Ko.
'Niet zo goed is ruim voldoende,' zei Tallulah. 'Dat is al veel beter dan ik.'

Met enige schroom belde Ko die avond aan bij Vissersplein 18. Het was een groot huis met maar één deur. Tallulah deed open en keek teleurgesteld naar zijn broek. 'Wat hadden we nou afgesproken,' zei ze. 'Je zou toch een andere broek aantrekken.'
'Ja, ik ben daar gek,' zei Ko. 'Ik heb trouwens geen andere broek.'
'Nou, dan mag je er wel eentje van mij hebben, ik heb een hele kast vol broeken, daar hangt vast wel iets bij.'
Ko stond nu in een grote marmeren hal.
Omdat Tallulah op blote voeten liep, kon hij zien dat haar teennagels mooi paars gelakt waren.
'Kom maar mee,' zei Tallulah en ging hem voor.
Nadat ze drie trappen hadden beklommen, opende Tallulah een deur en Ko kreeg een blinkende badkamer te zien.
'Hier kun je een douche nemen,' zei ze. Ze drukte Ko een handdoek en een stuk zeep in zijn handen.
'Ik douch nooit bij anderen,' mopperde Ko.
'Vooruit, niet zeuren,' zei ze. 'O ja, de shampoo staat daar op het glazen plaatje. Neem niet die groene, want dan ga je vreselijk stinken en weer op een heel andere manier dan je nu

stinkt. Nou, Dirk, schiet op, zoveel tijd hebben we niet.'
'We kennen elkaar niet zo goed,' zei Ko aarzelend.
'Wat dacht je!' zei Tallulah. 'Dat we samen onder de douche gaan? Ik kijk wel uit.'
'Ik doe het niet,' zei Ko, die zelf niet wist dat hij het bovenste knoopje van zijn overhemd al los deed.
'Nou ja, goed,' zei Tallulah, 'dan gaan we wel samen – als je dat nou per se wilt.'
'Nee nee,' zei Ko haastig, en hij stapte snel de wit marmeren ruimte binnen. Zeer zorgvuldig sloot hij de deur achter zich. Ach.
Zo'n groot bad had hij nog nooit gezien. En ook nog nooit zo veel kleurrijke flesjes. Naast het bad bevond zich een douche met een goudkleurige sproeikop.
Langzaam kleedde Ko zich uit.
Hij zorgde ervoor dat de straal uit de sproeikop de juiste temperatuur kreeg. Toen ging hij met een zucht onder de grote hoeveelheid lauwwarme waterdruppels staan.
Niet ver van de douche werd een deur geopend. Tallulah stak haar hoofd naar binnen. Ko schrok, want hij had gedacht dat het de deur van een kast was. Hij greep snel naar een handdoek die er niet was.
'Niet schrikken, Willem,' zei Tallulah, 'ik heb m'n bril niet op.'
'Je draagt niet eens een bril,' zei Ko hoog. 'Ik had de knip toch op de deur gedaan!'
'Dit is een andere deur,' zei Tallulah. 'Handig, hè! Hee, je draagt je horloge nog!'
'Waterproof,' stotterde Ko.
'Laten we hopen,' zei Tallulah, 'dat het ook shockproof is. Wat ik wou zeggen: pas op dat je niet uitglijdt over het rubbermatje. Dat is laatst een jongen gebeurd, daar had ik de verdere avond niks meer aan.'
'Ik zal eraan denken,' beloofde Ko, die zichzelf met behulp van een vrij groot washandje wat minder naakt had gemaakt.

Tallulah's hoofd verdween.
Overvallen door gemengde gevoelens reinigde Ko zichzelf.
In haar kamer keek Ko lange tijd naar vele stenen Pierrots.
'Om elf uur komt mijn vader thuis,' zei Tallulah. 'Dan ga ik met hem biljarten, moet jij verdwijnen, hou daar rekening mee. Daar ligt het Franse stukje. Schrijf duidelijk zodat ik het moeiteloos over kan schrijven.'
Ze zat op een bank en keek nu naar haar grote teen, wat haar zichtbaar genoegen deed.
'M'n eigen tenen vind ik mooi,' zei Tallulah, 'maar tenen van anderen vind ik vaak eng, heb jij dat ook?'
Ko had daar nog nooit over nagedacht. Hij bekeek de Franse tekst. 'Dat is zo gebeurd,' zei hij, en tot zijn voldoening hoorde hij dat Tallulah bij deze opmerking een opgetogen kreetje slaakte.

2
'Wanneer heb jij je voor het laatst geschoren?' vroeg Tallulah terwijl ze in kleermakerszit op haar bed zat en haar zijwaarts gestrekte armen liet trillen alsof ze een Balinese danseres was.
Ko gaf niet onmiddellijk antwoord. Hij vertrouwde de vraag niet helemaal. Niet alleen hij wist dat hij zich nog nooit had geschoren, nee, Tallulah wist dat zonder twijfel ook.
'Je hebt flaporen,' zei Tallulah. 'Kom es naast me zitten, dan kan ik ze beter bekijken.'
'Het voordeel van flaporen,' zei Ko traag, 'is dat ze ook van een afstand duidelijk te zien zijn.'
Tallulah lachte.
'Kom nou hier,' zei ze. 'Ik bijt je heus niet – als je dat niet wilt.'
Ko liep naar haar toe met z'n handen in z'n zakken, alsof hij een zeer onverschillig iemand was, die voor hetere vuren had gestaan. Niet ver van haar liet hij zich neerploffen.
'Mag ik,' vroeg Tallulah, 'even tegen je oren blazen?'
'Ik zie er het nut niet van in,' zei Ko, maar toen blies Tallulah al.

'Ze bewegen,' zei ze giechelend. 'Da's geen gezicht.' En ze blies weer. 'Hee, zelfs je neus beweegt.'
Onverwachts kreeg Ko een zachte stomp.
'Wat ben je sloom,' zei Tallulah. 'Heeft er nog nooit een meisje tegen je oren geblazen?'
''t Gebeurt niet dagelijks,' zei Ko, 'maar 't is niet de eerste keer. Mooie kamer heb jij. 't Is bijna een halve woning – jouw kamer.'
'Pappa,' zei Tallulah, 'staat erop dat ik naar school ga. Pappa zegt: studie is goed voor de fantasie. En volgens pappa is het leven alleen maar leuk als je veel fantasie hebt. Zeker met een heleboel centen. Pappa heeft veel centen, al laat-ie ze nooit zien. Nee, hij weet geloof ik niet eens hoe een gulden eruitziet. Zijn centen zijn ergens anders. Pappa zegt: als je iemand ziet met een briefje van honderd in z'n hand, dan weet je meteen dat-ie geen cent heeft.'
'Ik heb geen cent op zak,' zei Ko trots.
'Ben je dan rijk?' wilde Tallulah weten.
'Mijn geld is ook niet ergens anders,' zei Ko somber.
'Vroeger,' zei Tallulah, 'speelde ik wel dat ik een heel arm meisje was. En dat ik woonde bij een heel nare oom die twee heel lelijke dochters had die mij sloegen en pestten. Zo zielig!'
'Assepoester,' zei Ko die zijn klassieken kende.
'Wie wat?' vroeg Tallulah.
'Assepoester,' zei Ko. 'Je weet wel: dat meisje met die nare stiefmoeder en met die glazen muiltjes.'
'Ken ik niet,' zei Tallulah. 'Zit die ook bij ons op school?'
Ko zuchtte. 'Je bent dom,' zei hij.
'Ja,' zei Tallulah, 'dat denken mensen altijd als jij niet weet wat zij weten. Pappa zegt altijd: jouw domheid is de slimheid van anderen, en andersom.'
'Wat andersom?' vroeg Ko.
'Gewoon andersom, weet ik veel,' zei Tallulah ongeduldig. 'Wat een ongezellige zanik ben jij. Maar je oren zijn leuk.'
Ze giechelde weer.
'Mag ik nog een keer blazen?'

'Nee,' zei Ko, maar Tallulah deed het toch, en heel zacht dit keer. Ko huiverde terwijl hij het niet koud had. Omdat ze zo dichtbij was, rook hij haar. Het was zo'n onopvallend en lief geurtje dat het ruiken bijna meer zachtjes aanraken was. De zintuigen deden soms, ontdekte Ko, niet al te duidelijk hun werk.
'Kom mee,' zei Tallulah, ze sprong op en liep naar de deur. Ko voelde zich opeens erg eenzaam – zo zonder haar geur en zonder haar geblaas tegen zijn oren. Snel stond hij op en volgde Tallulah.

Ze daalden langs een van de brede trappen. In een ruime hal opende Tallulah brutaal een van de deuren en ging naar binnen.
Ko bleef wachten.
Maar toen hij haar arm en hand zag, en een gebarende vinger, besloot hij om ook maar naar binnen te gaan.
Zonder het te willen stond hij nu in een slaapkamer. De vreemdste en grootste slaapkamer die Ko ooit van zijn leven had gezien. In het midden stond een reusachtig rond bed. Hoe moest je, vroeg Ko zich af, nou precies in een rond bed stappen? Aan de wanden hingen schilderijen waarop dames en heren afgebeeld waren die zich in de vreemdste houdingen met elkaar bemoeiden. Verder veel kasten met matglazen deuren waarachter hij met enige moeite allerlei kleurige kleding ontdekte. Aan het plafond hing een lamp die een zachtroze licht verspreidde.
En wat deed Assepoester?
Ze sprong op het bed en begon heel traag te dansen, waarbij het haar af en toe lukte om een van haar voeten zeer dicht bij haar hoofd te brengen. Waar had ze haar glazen muiltjes gelaten?
Ko keek met open mond naar alles.
Niet ver van hem stond een glazen beeld van een vrouw die haar handen in haar nek had gelegd en hem met koele glazen ogen aankeek. Ko legde even zijn hand op het hoofd. Koud was het. Hij keek naar Tallulah. Ze was nog steeds verdiept

in haar eenzame dans. Ko keek op zijn horloge. Tot zijn teleurstelling zag hij dat het nog lang geen elf uur was.

'Zeg,' zei hij, het klonk verschrikkelijk luid, 'ik moet es gaan. Als je nog es hulp nodig hebt, zeg je het maar. In Duits ben ik nog iets beter dan in Frans, 't is maar dat je het weet.'

Tallulah bewoog niet meer.

Ze opende haar ogen en ze keek Ko veel minder kil aan dan het beeld. Ko verliet de kamer, sloot de deur achter zich, snelde naar beneden, en het duurde niet lang of hij fietste in een vrij rap tempo naar huis.

TALLULAH

Ko lag met gesloten ogen in zijn bed, maar sliep niet. Hoewel hij ook niet droomde, lukte het hem een deur te openen die er niet was, en een zacht verlichte kamer binnen te stappen die er ook niet was. Langzaam liep Ko naar Tallulah. Ze trok hem naar zich toe en blies tegen zijn oren. Ja, nu was hij pas echt alleen met haar.

Blauwe vogel

Een middagpauze zonder regen. Ko slenterde door een drukke winkelstraat toen hij plotseling met zekerheid wist dat hij vergeten was iemand te groeten. Hij had geen bekende gezien, maar wel gevoeld dat er eentje in de buurt was. Snel draaide Ko zich om, en ja, daar zag hij in een duistere portiek Sjaak zitten, die rustige jongen uit zijn klas die zelden anderen met zijn stemgeluid lastig viel.

Ko ging naast Sjaak zitten. Hij moest zijn boterhammen nog opeten en dat deed hij niet graag in zijn eentje. Uit Sjaaks mond stak een slordige broodkorst die lichtjes heen en weer bewoog.

'Wat heb je d'r op?' vroeg Ko, die net met enig afgrijzen donkere lapjes omelet op zijn boterhammen had ontdekt.

Van het ene op het andere moment bewoog de broodkorst in Sjaaks mond niet meer.

'Wat doet het er toe,' zei Sjaak brommerig.

'Nou ja,' mompelde Ko, 'kaas of zo, of bloedworst, iets zoets?'

'Je gaat toch niet,' zei Sjaak en blies de broodkorst weg, 'alles

opnoemen?'
Een tijdlang werd er gezwegen.
'Te veel eten,' zei Ko, 'dat is nergens goed voor.'
'Droom jij wel es van een blauwe vogel?' wilde Sjaak weten.
'Ik droom niet van vogels,' zei Ko aarzelend. Hij hield er niet van om te praten over de zonderlinge avonturen die hij 's nachts meemaakte.
'Over rooie vogels?'
''t Is beter dan pindakaas,' zei Ko, 'omelet, maar niet veel beter, maar ja, 't kan altijd erger, ik bedoel, lever of zo.'
'Rooie vogels krijsen,' zei Sjaak. 'Daar droom ik liever niet over. Maar een blauwe vogel is mooi en stil. Alles is blauw. Z'n snavel, z'n staart, z'n prachtige gefluit – ja, da's ook blauw.'
Ko pakte zijn boterhammen weer in.
'Hij komt op m'n schouder zitten,' zei Sjaak, die spraakzamer bleek dan ooit. 'En als ik dan wakker word, zit-ie er vaak nog. Maar jij kan hem niet zien.'
Ko keek naar Sjaaks schouders. Een vogel zag hij niet. Het was mogelijk dat Sjaak lid was geworden van een of andere sekte – daar hoorde je wel van. Misschien een sekte van mensen die samen dansten en zongen omdat ze overal blauwe vogels zagen. Om met anderen een sekte te vormen, overwoog Ko, moet je natuurlijk met elkaar zo'n beetje op dezelfde manier gek zijn. Als het hem ook zou lukken om zo'n blauwe vogel uit zijn dromen mee te nemen naar de bewoonde wereld, mocht hij misschien ook toetreden. Hoe groot zou die sekte al zijn? Hij was toch niet de enige zonder vogel? Als dat laatste zo was, zou hij gek zijn en niet al die anderen.
'Jij kan hem nou echt helemaal niet zien?' vroeg Sjaak.
Ko wachtte met tegenzin op de komende preek.
'Op jouw schouder,' zei Sjaak, 'zit geen blauwe vogel.'
Even snoof Ko verontwaardigd. Wat nou! Waarom zou er op zijn schouder geen blauwe vogel zitten! Mocht hij dat alsjeblieft zelf uitmaken.
'Je moet rekening met hem houden,' zei Sjaak, 'anders wil-ie

wel es in je oor bijten. Hij houdt niet van teeveekijken. Naar geklets en gezanik van mensen luistert-ie liever ook niet. Hij houdt van stille straten. En vooral van die weggetjes buiten de stad die langs weilanden lopen en nergens naar toe gaan. Sommige muziek vindt-ie ook wel aardig.'
'Misschien ben je nog niet echt wakker,' zei Ko.
Sjaak keek hem nu voor het eerst aan. Het leek alsof hij Ko niet goed zag. Misschien zat die vogel voor z'n ogen.
''t Is buitengewoon stom wat je zegt,' zei Sjaak droog. 'Maar 't is nog slim ook. Kan jij niet helpen.' Hij stond op. 'Wie wil er nou wakker worden?' vroeg hij aan niemand, en liep weg zonder te groeten.
Ko keek hem na. Zijn achterwerk was door het lange zitten op de stoep behoorlijk koud geworden. Pas toen Sjaak heel klein en vaag was geworden, scheen het Ko toe dat er een vogel op z'n schouder zat. 't Is aardig, dacht Ko, om goed bevriend te zijn met een diertje, maar je moet natuurlijk kunnen doen en laten waar je zin in hebt – je moet er geen last van hebben.

Zondag

Die zondagmorgen werd Ko vroeger wakker dan normaal. Boven zijn hoofd hoorde hij orgelmuziek bij de buren, zodat hij meteen wist welke dag het was. Vroeger kwam hij daar altijd achter omdat hij dan een glas melk en een mariakaakje naast zijn bed ontdekte. En zolang zijn vader en moeder nog niet proestend en hoestend door het huis liepen, moest hij in zijn bed blijven. Buiten hoorde hij dan wel eens een kind schreeuwen – een verloren schepseltje dat niet in zijn eentje in staat was om de rust van al die uitslapers te verstoren.
Ko herinnerde zich dat hij zich gek verveelde op zijn matras vol kuilen. Hij at langzaam het kaakje op, kreeg krummels in zijn bed, en had dan even later wat te doen: zichzelf krabben, want krummels veroorzaken jeuk. Of hij stak zijn benen omhoog, waarna de lakens zo aardig waren een tentje te vormen – een tentje dat pas instortte wanneer zijn benen moe waren geworden. Natuurlijk stond hij altijd eerder op dan zijn vader en moeder. Hij zwierf door het huis en kwam erachter dat blote voeten op kaal zeil nog aardig kunnen stampen. De deur van zijn ouders' slaapkamer leek op het gezicht van een

strenge meneer: een hoofd zonder ogen, neus of mond, maar wel heel bazig. In die dagen was hij nog geen liefhebber van uitslapen, ja, hij wist niet eens precies wat het was. Nu hield Ko wel van uitslapen. Maar niet op zondag. Dan werd het je, vond hij, te veel opgedrongen.

Ko stond op en bakte in de keuken een ei. Omdat het verder zo stil in huis was, spetterde de boter wel erg hoorbaar. Hij kreeg het ei niet goed uit de pan, zodat er een heleboel rommel op zijn boterham kwam te liggen in plaats van een keurig netjes spiegelei. Hij moest het ook zonder zout eten, want zijn moeder verzon iedere week weer een nieuw vast plekje voor het zoutvaatje, waardoor hij het niet had gevonden. Ko dacht: de zondag is net een eitje zonder zout. Hij vond het zelf een aardige gedachte, die hem met de nodige trots vervulde.

Douchen deed hij maar niet. Sinds zijn vader de douche had gerepareerd, was de straal wel erg hard geworden. Veel te hard, naar Ko's idee, voor een hoofd dat nog een beetje droomde.

Buiten kwam hij tot de ontdekking dat hij maar niet echt wakker wilde worden. Net zoals de dag bleef hij behoorlijk slaperig. Het was alsof al die huizen met gesloten gordijnen geen zin hadden om hun ogen te openen. Hij liep een tijdje achter een hondje aan dat sloom de straat berook. Af en toe tilde het hondje bij een boom zijn poot op, maar het bleek te lui om echt te plassen. Ko bleef achter het beestje aansjokken en kwam vanzelf in het park terecht. Daar begon het hondje meteen te ruiken aan het achterwerk van een ongewassen en bijna kale soortgenoot. Ko liet hem in de steek, want hij gunde iedere hond zijn privacy.

Bij de vijver zag hij twee jongetjes staan. Ze maakten een wat verdrietige indruk – dat kwam voornamelijk omdat ze niet bewogen, want vrolijke jongetjes gaan nu eenmaal druk tekeer in een park. Ko liep naar ze toe en zag wat hun aandacht gevangen hield: een mooie rooie bal dreef midden in de vijver.

'Jullie bal?' vroeg Ko.

Ze keken hem argwanend aan.

''t Is zijn bal niet,' gaf een van de jongetjes wat omslachtig antwoord, en wees op zijn makkertje.
'Van jou zeker,' veronderstelde Ko.
''t Is jouw bal ook niet,' zei het jongetje, want hij wilde allereerst duidelijk vaststellen van wie die bal allemaal niet was, tot hij zelf overbleef of zo.
'Wie hem uit het water kan halen,' zei Ko slim, 'ja, die mag de bal hebben.'
'Hij kost drievijfennegentig bij de Hema,' zei het jongetje.
Ze bleven alle drie naar de bal kijken.
'Hij drijft straks wel naar de kant,' zei het jongetje van wie de bal niet was, op sombere toon.
'Dan haal ik 'm eruit,' dacht Ko hardop, 'met een tak of zo.'
'De Hema is dicht,' zei de ene.
'Ja,' zuchtte Ko, 'het is zondag.'
'De Hema is de hele dag dicht,' beaamde de ander.
'Drievijfennegentig!' zei Ko. 'Geen geld.'
'Als je aanbelt bij de Hema,' hoorde Ko, 'als je op zondag aanbelt, nou, dan doen ze niet open, ik heb het wel es geprobeerd.'
'Is er dan een bel?' vroeg Ko.
'Natuurlijk is er een bel bij de Hema, waarom zou er geen bel zijn?'
Ze zwegen terwijl de bal niks van plan was.
De zondag, dacht Ko, is net een mooie rooie bal waarmee je niet mag spelen. Deze gedachte vond hij minder leuk dan die met het eitje. De zondag, begreep hij, kun je eigenlijk alleen maar met de zondag vergelijken.

Vale Wimpers

In opdracht van Sanders had Ko Kruier het boek *Vale Wimpers* van ene Frank Baalduiner gelezen. Hij moest voor de klas iets over de inhoud vertellen. Ook zou het door Sanders op prijs worden gesteld wanneer hij het een en ander over de schrijver kon mededelen. Ko besloot Frank Baalduiner op te bellen.
'Met Baalduiner,' zei een sombere stem.
'Ik ben Ko Kruier,' zei Ko. 'Bent u Frank Baalduiner?'
'Dat zeg ik net.'
'Hebt u boeken geschreven?'
'De belastingen,' klonk het gelaten. 'Mijn vrouw heeft de papieren en die is er net vandoor. Ik hoop dat het Rijk daar begrip voor heeft.'
'Ik moet iets over u vertellen – in de klas.'
'Ach. Over mij. Wat jammer dat ik daar niet bij kan zijn.'
'Nu heb ik,' zei Ko, 'zo'n twintig vragen voor u, ook over dat boek van u, dat *Kale Wimpers* heet.'
'Dan ga ik even zitten,' zei Baalduiner. 'Wanneer je niets meer hoort, zit ik.'

Er klonk wat gerommel. Toen werd het stil.
'Hoe oud bent u en waarom schrijft u?'
'Ik schrijf omdat ik al zo oud ben,' zei Baalduiner en hij lachte. 'Da's toch mooi, wat een antwoord, in één zin, hoor je dat, jongen? Daar kan je de klas toch mee verrassen! Was dat één vraag of waren dat twee vragen?'
'Hebt u het allemaal zelf meegemaakt, wat in dat boek van u, *Kale Wimpers*, staat?'
'Nee nee, gelukkig niet. Vind je het niet erg wanneer we het verder over vale wimpers hebben. Een titel is kul, maar een verkeerde titel is nog veel meer kul. Hoe oud ben jij?'
'Veertien.'
'Jee. Ik heb toch geen kinderboek geschreven. Mijn vrouw vond het ook al zo spannend. Waar ging het over?'
'Weet u dat niet?'
'Ik hoor het zo graag van een ander.'
'Over een man die op zoek is naar een vrouw in een Oosters land en hij weet haar naam niet en hij vindt haar ook niet.'
'In één zin! Grandioos. Als ik zo effectief kon vertellen, zou ik geen droog brood verdienen.'
'Ik heb het uit,' zei Ko.
'Je klinkt wat opgelucht,' zei Baalduiner bezorgd. 'Je bent toch wel treurig, hoop ik. Er komt geen vervolg, al ga je op je knieën liggen.' De man grinnikte eerst, maar hoestte al gauw.
'Heeft die vrouw vale wimpers?'
'Dat zou ze wel willen.'
'Wat zijn dat – vale wimpers?'
'Als ik dat wist, had ik dat dekselse boek niet geschreven.'
'Is het moeilijk, zo'n boek verzinnen?'
'Ach, je moet er even je hoofd bij houden. Soms ben ik mijn hoofd kwijt. Dagen loop ik dan te zoeken. Een hard vak, jongen.'
'Hoe lang schrijft u op een dag?'
'Er gaan soms uren voorbij dat ik niet schrijf.'
'Wanneer bent u ook alweer geboren?'
'Ver voor de oorlog. Die heb ik nog meegemaakt – de oorlog.

Daar wil je natuurlijk wel het een en ander van weten, nou, mijn grootvader zong wel es een Duits liedje in die tijd, en een verre neef was niet helemaal zuiver, maar verder niks, hoor, ik was toen nog heel jong, ik heb wel es 'n snoepje gekregen van een mof, opgesabbeld ook, ik ben zo eerlijk om je dat te vertellen, maak er geen misbruik van. Als je kinderen later snoepjes van de Chinezen accepteren, moet je ze niks kwalijk nemen, beloof me dat!'

Omdat Ko jeuk aan z'n oren kreeg van die stem, besloot hij een einde te maken aan het gesprek. 'Dank u wel,' zei hij. 'Kunt u de antwoorden voor me opschrijven, en uw levensverhaal, en wilt u me dat dan opsturen?'

'Voor m'n lezers doe ik alles,' zei Baalduiner. 'Moet ik ook nog een dansje voor je komen maken?'

'Nou nee,' zei Ko.

'Succes dan jongen, je adres hoef ik niet te weten, die brief met antwoorden stuur ik naar de hemel, of naar de hel – als ze je 's nachts worden ingefluisterd zal je niet weten of je naar God of de duivel luistert.'

Baalduiner hing op.

En Ko dacht: alsjeblieft geen gefluister 's nachts, ik wil rustig kunnen slapen.

Dieuwertje

Ko vertelde zijn klasgenoten dat in het boek *Vale Wimpers* van Frank Baalduiner een man voorkwam met vreemde gedachten. 'Die man,' galmde Ko, 'die zoekt naar een vrouw van wie hij de naam niet kent, en die ook geen vale wimpers heeft. Hij woont in een of ander Oosters land, want alle huizen zijn spierwit in dat boek van Baalduiner. Hij vindt haar niet, die vrouw, maar hij denkt zo vaak aan haar – en alles wat-ie denkt kan je ook lezen – dat je op het laatst toch zo'n beetje weet hoe ze eruitziet. Niet mooi. En dat treft, want die man houdt niet van mooie vrouwen. Over mooie vrouwen, denkt hij, kan je niet denken, die zijn al bedacht door anderen, zoiets, ja.'
Sanders keek Ko hierna strak aan. Het leek alsof zijn huid wat rozer was geworden, en alsof er nog 'n paar rimpels op z'n kale hoofd bij waren gekomen. Ook was de man duidelijk vergeten zijn snor te kammen. 'Fraai,' zei Sanders, 'het is in ieder geval niet de flaptekst, een zesenhalf, moet je wel snel gaan zitten, anders wordt het een vijf.'

In de schoolstalling ontdekte Ko dat de achterband van zijn fiets lek was. Toen hij zich verdrietig gestemd had opgericht, stond hij onverwachts oog in oog met Dieuwertje – een klein meisje met een grote bril. De strenge uitdrukking in haar ogen werd enigszins verzacht door het grijs van de brilleglazen.

'Je hebt er niks van begrepen,' zei ze. 'Geen donder.'

Het overviel Ko. Dieuwertje had hem wel eens een meetkundevraagstuk uitgelegd – een uitleg die nog onduidelijker voor hem was geweest dan het vraagstuk zelf.

'M'n band is lek,' zei Ko. 'Heb jij een pompje?'

'Van mij had je een nul gekregen,' zei Dieuwertje. 'Die onzin heeft Baalduiner niet geschreven.'

'Toch mooi een zesenhalf gekregen!' zei Ko. 'Geen pompje zeker?'

'Stomme reactie. Sanders is maar net een gram slimmer dan jij. En da's net genoeg om zich te verbeelden dat-ie jouw leraar mag zijn.'

'Heb jij dat boek ook gelezen?'

'Ik heb het gisteravond weer es gelezen,' zei Dieuwertje.

'Ik moet lopen naar huis,' zei Ko, 'of kan ik bij jou achterop?'

'Voor wie niet beter weet,' begon Dieuwertje, 'vertelt Baalduiner een gewoon verhaaltje. Huisje in, huisje uit, je weet wel. Daarom is hij ook zo geliefd bij al die domme leraartjes. Die denken: hij zal wel iets anders bedoelen dan wat er staat, ja, als iemand zo eenvoudig schrijft en zo beroemd is, dan bedoelt-ie natuurlijk heel wat anders dan wat er staat, die vertelt niet zonder reden een verhaaltje met trapje op, trapje af. Ja, zegt zo'n leraartje, vale wimpers – da's een symbool. Maar als je het Baalduiner zou vragen…'

'Dan zegt-ie,' viel Ko in de rede, 'ik weet het niet.'

'…dan zou ie zeggen: 't zijn gewoon wimpers die je nauwelijks ziet. De pot op met je symbool.' Dieuwertje keek Ko kwaad aan. 'Zeker met je dikke kont op mijn bagagedrager?'

'Wat is dat?' vroeg Ko. 'Een symbool? Iets bij meetkunde toch?'

'Een goed meetkundevraagstuk is een gedicht.'

'Een gedicht!' zei Ko. 'Je bent gek.'
'Dat Oosterse land, da's een land uit zijn dromen, echt Baalduiner, het staat er zo gewoontjes, maar pas op pas op.'
'Waarop?' vroeg Ko.
'Ik verdoe mijn tijd,' zei Dieuwertje. 'Kijk niet zo dom, jongen.'
'Zo kijk ik altijd als mijn band lek is,' verontschuldigde Ko zich. 'Wil je bij mij achterop zitten – op je eigen fiets?'
'Je dringt jezelf toch niet op?' vroeg Dieuwertje. 'Ik vind je niet alleen dom, maar je ziet er ook wat eigenaardig uit. 't Is net of je alleen maar kunt grijnzen.'
'Gewoon mijn gezicht,' zei Ko die bijna iets over haar bril had gezegd, maar zich bijtijds wist te beheersen.
'Jij moet nog geen grote-mensenboeken lezen,' zei Dieuwertje.
'Sneeuwwitje heb ik uit.'
'Da's ook niet voor kinderen,' zei Dieuwertje terwijl ze naar haar fiets liep en Ko haar volgde. 'Da's ook zo'n prachtig verhaal, en dat gaat over iets heel anders dan over een domme prinses die zich laat koejeneren door een stel onbegaafde dwergen, daar zul je ook wel niets van hebben begrepen.'
Zonder op Ko te letten haalde ze haar fiets uit het rek.
'Ze werd wakker gekust door de prins,' zei Ko.
'Ze werd juist niet wakker gekust.' Dieuwertje stopte haar broekspijpen in haar dikke wollen sokken. 'Ze werd juist in slaap gekust door die maffe prins. Ja, ja, ze leefden nog lang en gelukkig! Een droeviger eind kan een verhaal toch niet hebben. Die arme arme Sneeuwwitje – een leven lang zoiets verschrikkelijks als gelukkig zijn met een saaie prins.'
Even later keek Ko al peddelende naar Dieuwertje, die achterop haar eigen fiets zat. Ze las in een beduimeld boek en lette verder op niets en niemand. Hij moest wat meer lezen, overwoog Ko. Dan kon hij over het gelezene gezellig met Dieuwertje babbelen. Waar de literatuur al niet goed voor kon zijn!

Een lege pagina

Dieuwertje zat op haar bed. Ko bekeek haar met vertedering. Haar voeten, die vrij klein waren maar die nu wat groter leken omdat ze werden verborgen door ruime wollen sokken, raakten de vloer niet. Ze had Ko een avondje op haar kamer uitgenodigd. 'Je bent niet echt een hopeloos geval,' had ze tegen hem gezegd. 'Ik zal je enkele gedichten voorlezen, dan kunnen we daarna samen praten – over die gedichten.'
Het voorlezen was nog niet voorbij. Ko maakte zich een beetje bezorgd over het komende gesprek. Hij vond het zeker wel aangenaam om te luisteren naar de wat lage stem van Dieuwertje. Maar eerlijk gezegd: hij had geen flauw idee waar ze zo melodieus over sprak. Nu eens had ze het over de wolken, dan weer over vlinders zonder vleugels; als er eens over een hoofd of over een huis werd gesproken, dan werd het hem niet duidelijk bij wie dat hoofd hoorde en of er iets spannends in dat huis gebeurde. Ja, Ko verveelde zich enigszins tijdens het zachte zingen van Dieuwertje.
Dieuwertje hield op met lezen, ze keek niet meteen op en wreef met haar ene voet over de andere.

'Hier word ik nou verlegen van,' zei ze. ''t Is niet beleefd tegenover de dichter – zijn werk aan een ander voorlezen.'
'Die weet toch van niks,' zei Ko. 'Die is hier toch niet.'
Nu keek ze op. Zo zonder bril zag ze er wat meer als een meisje uit.
'Als je zijn werk leest,' zei ze, 'dan is die dichter in jouw nabijheid.' En ze zong: 'In alle huizen heb ik gewoond.'
Ko trok een gezicht alsof hij het begreep. Maar tegelijkertijd was hij bang dat hij nu juist een expressie toonde die dom genoemd kon worden.
Dieuwertje zette haar bril op. Dat kon ze beter niet doen, vond Ko, want als ze hem zag, zou ze zonder twijfel meteen begrijpen dat er met hem over die gedichten niet te praten viel.
'Welke trof je het meeste?'
Welke? Hoeveel gedichten zou hij hebben gehoord?
'Nou,' zei Ko, 'moeilijke vraag. Ja, welke? De laatste was niet gek.'
Dieuwertje zat daar plotseling als iemand die met de grootste inspanning zijn geduld bewaart.
Ko lachte verlegen. 'Laat ik nou even gedacht hebben,' zei hij, 'dat het maar één gedicht was. Een lang gedicht, dat wel.'
'Dacht je dat!'
'Eventjes dacht ik dat, ja, niet lang, hoor, ik bedoel: ik dacht ook vaak genoeg dat het meer dan één gedicht was.'
'Heb je ook geluisterd? Of heb je alleen maar gedacht?'
'Ik denk vaak als ik luister.'
'Je hebt wel dertig gedichten gehoord!'
'Dertig!' Ko strekte zijn rug. Hij was inderdaad wat stram van het lange zitten geworden. 'Jee,' zei hij, 'wat veel, nou begrijp ik waarom ik het verhaal zo slecht kon volgen.'
'Welk verhaal, jongen?'
'Nou ja, de hele toestand en zo. Jee, dat had je even moeten zeggen.'
Dieuwertje keek hem aan met ogen die niet groter meer konden worden.

'Je bent zo stom,' zei ze, 'ja, zo eenvoudig van geest, dat ik je bijna begin te bewonderen. Gek is dat – maar op ieder gebied kan een mens toch iets bijzonders zijn. Een lege pagina ben jij!'
'Een wat?'
En Dieuwertje zong: "t Is niet de leegte die ik haat, maar de volte van het rijp verstand.'
Ko stond op. Hij voelde zich allerminst een lege pagina. Voorzichtig ging hij naast Dieuwertje zitten.
'Is hij hier nog steeds, die dichter?' wilde hij weten. 'Of gaat-ie vanzelf weg als het voorlezen voorbij is?'
Dieuwertje keek hem aan, en voor het eerst sinds Ko wat meer met dit klasgenootje te maken had, zag hij haar lachen.
'We zijn alleen,' zei ze, 'of beter: alleen jij en ik zijn hier.'
'Jee,' zei Ko, 'ik mag niet te laat thuiskomen.'
'Nog vijf dan,' zei Dieuwertje. 'Nog vijf hele prachtige.'
'Nog eentje,' zei Ko. "n Kleintje – 'n kleintje waar je leuk over praten kunt.'
Dieuwertje kneep haar ogen half dicht. 'Je hebt gevoel voor poëzie,' zei ze, 'al begrijp je er dan niks van. Als ik het niet zo'n lelijk beeld vond, zou ik zeggen dat je zelf een gedicht bent.' Snel liet ze hierop volgen: 'Ga daar maar weer zitten, ik zal er nog eentje lezen.'
Ko ging terug naar de plaats waar hij vandaan was gekomen, hij was nu een heel eind weg van Dieuwertje. Hij ging tegen zijn zin zitten. Met een rood hoofd zocht Dieuwertje in een dun boekje.
Als ik nou een gedicht ben, dacht Ko, waarom leest ze mij dan niet even hardop voor?

Meisje

''t Wordt niks,' zei Dieuwertje toen ze de roeiboot zag die Ko in een onbezonnen bui voor die middag had gehuurd. Ze bekeek Ko met argwaan.
'Kun jij roeien?' wilde ze weten.
'Eén keer,' zei Ko, 'moet de eerste zijn.'
'En moet dat juist vandaag?'
''t Is heel eenvoudig,' zei Ko en hij wuifde vaag naar de verte. 'Als het me lukt om daar te komen, moet het me ook lukken om weer hier te komen.'
Het roeien viel mee. Ze gingen niet precies de richting uit die Ko wilde, maar dat wist hij voor Dieuwertje verborgen te houden. Het meisje probeerde zich in haar jas te verstoppen, maar omdat ze zich aan de zijkanten van de boot vasthield, lukte dit niet zo. Haar gezicht werd blauw van de kou.
Ze geeft vast veel om mij, dacht Ko, want waarom zou ze anders zoveel ellende overhebben voor een samenzijn met mij?
'Leuk, hè!' zei hij. 'Dit is toch weer es iets anders.'
'Anders dan wat?'

Ko moest oppassen. Ieder eenvoudig onderwerp kon voor Dieuwertje aanleiding zijn voor een zeer ingewikkeld gesprek.

"'t Is hier zo stil,' zei hij, ' je ziet geen mens.'
'Ik zie jou.'
'Onthou jij hoe we varen? Weet je straks hoe we terug moeten.'
'Ik onthoud niks, ik weet niks, ik denk niks, ik voel niks.'
Ko begreep dat het meisje opgebeurd moest worden.
'Wil jij even roeien?'
'Kan ik niet. Jij ook niet – zo te zien.'
'Zullen we maar teruggaan?'
'Nee, slap is dat, kinderachtig.'
'Kinderen mogen kinderachtig zijn.'
'Ik ben geen kind,' zei Dieuwertje, ze rilde. 'Ik ben geloof ik nooit zoiets als een kind geweest. Ik heb ze ook altijd raar gevonden – kinderen, ik begrijp niks van ze. Rommelig pratende dwergen die niet zeggen wat ze bedoelen en dingen doen die niet de bedoeling zijn.'
Het praten deed haar goed. Ze zag er nu wat minder koud uit.
'Met grote mensen kun je beter opschieten, ' veronderstelde Ko.
'Nee, vind ik ook weinig aan.'
'En met je vader en moeder – gaat dat een beetje?'
'Mijn vader woont in Frankrijk. Met een mens dat Fabienne heet en door hem Fabientje wordt genoemd. Fabientje spreekt Frans met een Duits accent, en ze kookt alleen rauwkost. En als Fabientje tien gram is aangekomen, gaat ze een hele middag huilend in een koud bad liggen. Mijn moeder is bijna net zo slim als ik. Die denkt hetzelfde, vindt hetzelfde, daarom zeggen we haast nooit iets tegen elkaar, want wat moet je zeggen tegen iemand die hetzelfde voelt en denkt als jij?'
'Ik denk vast heel anders dan jij.'
'Dat lijkt me heel waarschijnlijk.'
'Meisjes zijn vaak zo tobberig.'

'Dat ben ik ook nauwelijks,' zei Dieuwertje. 'Een meisje. 't Schijnt in de familie te zitten – alle niet-jongens zijn net geen meisjes.'
'En waarom, verdorie, zou jij geen meisje zijn?'
'Nou ja, ik ben het wel, ik bedoel, met alles wat er zo bij hoort, maar ik kan er niet echt aan wennen. Kun jij eraan wennen dat je een jongen bent?'
Ko hield op met roeien. Hier moest hij even over nadenken.
'Ik heb wel es gedroomd dat ik een meisje was,' zei Ko.
'Vertel!'
Ko wilde niet vertellen want hij sprak niet graag over zijn dromen. Maar ze keek hem aan als iemand die op een verhaal wacht. Hij durfde haar niet teleur te stellen.
''t Was maar een klein droompje,' zei hij. 'Het mag geen naam hebben. Maar ik was een meisje en mijn vader was wat trots op me. Daarom vond ik het niet alleen griezelig maar ook wel leuk.'
'Ik droom nooit dat ik een jongen ben,' zei Dieuwertje. 'Ik ben gewoon een jongen – een jongen die er wat anders uitziet dan de meeste jongens.'
'Maar als je een jongen bent, zou je toch best es kunnen dromen dat je een meisje bent.'
Dieuwertje lachte even. 'Een goed idee,' zei ze, 'maar dromen kun je niet bestellen.'
De boot begon wat te draaien en het woelige struikgewas achter Dieuwertje moest plaats maken voor een groot meer. En omdat die ruime plas water zo allerverschrikkelijkst verlaten was, kreeg Ko het gevoel dat Dieuwertje en hij de twee enige mensen op aarde waren. Zoals ze daar zat, met haar hoofd weggedoken tussen haar schouders, zag Dieuwertje er duidelijk als een meisje uit. Maar ja, dat kon ze zelf natuurlijk niet zien.

Gorilla

Ko scharrelde in z'n eentje in een kamertje waar de muffe geur hing van schoolboeken die al door een vorige generatie waren beduimeld. De deur met verdeelruiten had hij zorgvuldig achter zich gesloten, hij zocht naar een werkje over mensapen, dat hem door Flauwerwop – de leraar biologie – was aangeraden. Volgens die man had Ko zeer onjuiste dingen over de gorilla opgeschreven. Op bevel van Flauwerwop was Ko zuchtend het lokaal uitgesjokt. Hij had nog net kunnen horen dat de man hem nariep: 'Nimmer, Kruier, mag je de strijd tegen je aangeboren onnozelheid opgeven.'
Ko voelde zich weinig strijdbaar. Als hij een van de boeken uit de kast haalde, zweefde hem een wolkje stof tegemoet; hij werd er wat hoesterig van. Daar kwam bij dat hij zich in z'n eentje nooit al te leergierig voelde.
Welk boek hij ook opensloeg, hij vond geen afbeeldingen van die brave mensaap. Wel kreeg hij allerlei angstaanjagende fotografieën te zien. Mannen met tropenhelmen en enorme snorren die zich door donkere en nauwelijks geklede bedienden koelte lieten toewuiven. Inlanders met vreselijke zweren

en opgezette benen, die zowaar nog een gezicht trokken alsof ze het leuk vonden dat ze door een of andere blanke werden gefotografeerd.

Het duurde niet lang of Ko was het zoeken moe. Tijdens een door hem afgeroepen werkpauze ontdekte hij een vage afbeelding van zichzelf in het grote raam waarachter het verlaten schoolplein lag.

Wat hij nu te zien kreeg, had nog het meest van een gorilla weg. Maar voor een echte gorilla stond die figuur wat te rechtop. Daar kwam meteen verandering in toen Ko zijn schouders kromde. En nadat hij ook nog zijn haren wat naar voren had gedaan en zijn onderlip over zijn bovenlip had gevleid, ja, toen zag dat vage spiegelbeeld er werkelijk uit als een aangeklede aap!

Ko boog z'n armen en krabde zich op de borst, liep zwaaiend naar het raam, en gromde tegen zichzelf. Hij kreeg er zoveel plezier in, dat hij al snel krabbende en grommende door het kleine vertrek liep.

Onverwachts stond Ko oog in oog met een hem onbekend meisje. Ze bevond zich achter de deur met verdeelruiten, maar ze kon hem wel goed zien.

Het was aardig dat ze om hem moest lachen.

Ko krabde zich wat trager op de borst.

Het was niet alleen lachen wat het meisje deed. Ze keek tegelijkertijd zeer angstig – alsof ze iets heel griezeligs te zien kreeg.

Ko bevroor in zijn aap-houding.

Nu iemand anders hem zo overduidelijk eng vond, vond hij zichzelf ook een beetje eng. Die imitatie van een aap was niet voor publiek bestemd. Ja, hij deed wel meer dingen in zijn eentje die voor anderen beter verborgen konden blijven.

Maar wie was opgewassen tegen toeval?

Ko herstelde zich niet, want daarmee zou hij toegeven dat hij zich betrapt voelde. En zo bleef Ko een tijdje voor aap staan.

Het meisje lachte al lang niet meer. Ze staarde met grote, angstige ogen naar de jongen die zo verdienstelijk een mensaap uitbeeldde. Ze vond het heel erg eng – dat kon je zien. En daarom bleef ze staan, hoewel ze natuurlijk wilde wegvluchten. Maar dat kwam er niet van – zo verbijsterd was ze, zo vastgenageld stond ze aan de vloer.

Ik ben niet eng, dacht Ko. Ik was even met mijn studie bezig, ik moet meer van gorilla's te weten komen, dat wordt door een leerkracht op prijs gesteld, en ik had er even geen rekening mee gehouden dat je door deze deur zomaar naar binnen kunt kijken.

Maar dat die aap aan het denken was, heel redelijk aan het denken zelfs, zoals een gewoon mens zo vaak doet, ja, dat was iets dat het meisje ontging.

Ze draaide zich om en snelde weg, met de haastige en slordige passen van iemand die bang is dat hij wordt achtervolgd.

Ko richtte zich op, stapte de kamer uit en riep nog even 'Hé!', maar ze draaide zich niet om zodat ze niet kon zien dat Ko een volstrekt normale jongen was – aan dat laatste twijfelde hij zelf ook maar heel zelden.

Terug in de klas ging Ko braaf aan zijn tafeltje zitten. Flauwerwop had een plaat opgehangen waarop diverse apen waren afgebeeld. Ko keek er nauwelijks naar, want hij had even genoeg van die verre neven.

'Op deze plaat,' zei Flauwerwop, 'kun je zien hoe verschillende voorouders van ons eruitzien. Als we nu even stil zijn, kunnen we naar Ko Kruier luisteren, die ons wellicht belangwekkende zaken over de gorilla te vertellen heeft.'

'Een gorilla,' zei Ko aarzelend, 'is een zeer vriendelijk beest, dat veel verdriet heeft omdat niemand hem aardig vindt.'

Haast

Toen Ko die ochtend wakker schrok, wist hij meteen dat hij niet voor de eerste keer ontwaakte. Zijn rust werd ook niet door de wekker verstoord, maar door die vreselijke gedachte: je mag niet meer slapen, je komt te laat!
De wekker was al een tijdje geleden afgelopen. Na het gerinkel was Ko weer in slaap gevallen, wat kon hij daar aan doen?
Veel te kwiek sprong hij uit zijn bed, zodat hij struikelde over een stapeltje studieboeken dat tijdens zijn verblijf tussen de dekens altijd binnen handbereik aanwezig was, omdat hij soms diep in de nacht of in de duistere ochtenduurtjes door een onverklaarbare leergierigheid werd overvallen.
In looppas ging hij naar de kraan, waste in één moeite door zijn handen en zijn gezicht, en brak zonder inspanning het wereldrecord tanden poetsen. Haastig trok hij een trui over zijn blote bovenlichaam, schoot in zijn gympies, snelde naar de kapstok en met zijn jas als een wapperende vlag achter zich aan donderde hij de trap af.
Al fietsende deed hij zijn jas aan, knoopte hem dicht, schrok van een auto, en zag nog net achter het raam zijn moeder, die

vrolijk naar hem zwaaide – ach, wat aardig van haar, dat deed ze anders nooit.

Niet meer dan een kwartier te laat bereikte hij zijn school. Onopvallend probeerde Ko het klaslokaal waar hij het eerste uur moest zijn, te betreden. Maar hoe zacht hij de deur ook opende, en hoe min mogelijk hoorbare voetstappen hij probeerde te maken, hij kon niet verhinderen dat alle aanwezigen opeens zeer veel aandacht voor hem hadden.

Sanders hield op met vertellen en bekeek Ko met een gezicht waaruit niets viel op te maken. De man leek verbaasd noch kwaad.

'Ik wil de reden niet eens weten, Kruier,' zei hij. 'Ik ben niet in het minst nieuwsgierig. Alsjeblieft, reken het mij niet aan dat je leerplichtig bent, we moeten er allebei maar het beste van zien te maken, ga zitten.'

'Ik had een lekke band,' zei Ko, 'daarom ben ik te laat.'

Zijn klasgenoten bleven met open mond naar hem kijken.

'Het helpt niet, Kruier,' zei Sanders. 'Wat vervelend nou dat ik je dat zo plompverloren moet zeggen, het geeft je niks speciaals, je blijft de eenvoudige Kruier die je was en die je, vrees ik, immer zult blijven.'

Zoals altijd was Ko zeer verontwaardigd wanneer hij niet werd geloofd als hij een leugentje had verteld.

Het lukte hem om heel hees en verongelijkt te zeggen: 'Mijn band was zo plat als wat!'

'Eerlijk gezegd,' ging Sanders onverstoorbaar verder, 'dit kledingstuk staat je beter dan je door stadsvuil ontsierde spijkerbroek.'

Een groot gevoel van onbehagen overviel Ko. Waarom sprak die man over z'n broek? Z'n klasgenoten keken voornamelijk naar zijn benen.

Ko keek ook maar even.

Geschrokken kreeg hij zijn lichtblauwe pyjamabroek te zien. Het dunne katoen vertoonde meer kreukels dan een normale broek over het algemeen bezit.

Ik ben niet gekleed, dacht Ko met verbijstering. Of valt het misschien mee?

Hij bleef doodstil staan.
Moest hij nu een verklaring geven? Of kon hij maar beter net doen alsof deze wat ongewoon wijde broek voor deze dag de voorkeur genoot? Ja, wat hadden anderen te maken met zijn kleding, hij bemoeide zich toch zeker ook niet met die waanzinnige kledingstukken die ze zelf droegen – al die rare alpino's en die fel gekleurde broeken met nauwelijks genoeg ruimte voor kont en enkels!
Het was wel, vond Ko, iets meer voor een droom. Maar jammer genoeg wist hij heel zeker dat hij niet voor de derde keer die dag wakker zou schrikken.
'Als je daar blijft staan, Kruier,' zei Sanders, 'stoor je de les!'
Voorzichtig deed Ko een paar passen. Nog nooit in zijn leven had hij zo duidelijk een pyjamabroek om zijn benen gevoeld. Waarom had hij op weg naar school niets gemerkt?
'Vroeger,' zei Sanders, 'liepen mannen rond met paarse strikjes, zijden hemden en krullerige pruiken – als pauwen! Onze sobere herenkleding van vandaag heeft niet bij iedereen het verlangen om op te vallen gesmoord, spijtig.'
Ko ging zitten en ontdekte dat zijn klasgenoten wat jaloers naar hem keken. Van een jongen achter zich kreeg hij een stomp in zijn zij – het was voelbaar aardig bedoeld, een uiting van bewondering. Een van de meisjes keek met stille ogen naar hem – zo had nog nooit een meisje naar hem gekeken.
Ko ging zich behaaglijk voelen.
De deur van het lokaal werd geopend. Zijn moeder kwam met een levensgrote spijkerbroek in haar handen naar voren.
O, moeders! dacht Ko, ze kunnen je toch veel beter nawuiven dan zich met je bemoeien.

Rusland

Eerst dacht Ko dat er alleen maar boeken aanwezig waren in het winkeltje waar hij binnen was gestapt. Maar al gauw bleek dat er zich ook nog een levend wezen ophield. Eerst hoorde hij wat gekreun achter een hoge stapel tijdschriften, toen verscheen er een kaal en erg ongeduldig hoofd, en niet lang daarna kon Ko een bijzonder deftig heertje in zijn geheel zien.
'Ik dacht dat ik gesloten was,' gromde het mannetje, haalde wat potloden uit het frontzakje van zijn jasje en smeet die geërgerd op de tijdschriften.
'De deur was open,' zei Ko.
'Ja, ja,' snauwde de man, 'als de deur open is, is de winkel open, al ben ik misschien gewoon vergeten om die deur te sluiten, maar daar hebt u niks mee te maken. Open deur – open winkel. Kan ik u van dienst zijn, of wilt u alleen maar mijn spulletjes beduimelen? U hebt het voor het zeggen. Zo lang u hier bent, bent u koning Klant – hoe weinig majesteitelijk u er ook uitziet. Duurt uw bezoek lang? Laat ik niet vergeten om straks de deur te sluiten – dan kan ik rustig mijn

boterhammetje nuttigen.'

'Het is vier uur,' zei Ko. 'Rare tijd voor 'n middagpauze.'

'Ik ga helemaal geen boterhammetje nuttigen,' sprak de man hoofdschuddend. 'Dat maak ik allemaal zelf wel uit, ik gebruikte een algemeenheid, ik houd van algemeenheden, anders word je maar vertrouwelijk – en waarom zou ik vertrouwelijk worden tegen een mij totaal onbekend jongmens?'

'Ik zoek,' zei Ko, 'een dun boekje over Rusland.'

'Over wie wat hoe?'

'Rusland – daar moet ik een werkstuk over maken.'

'Rusland! Is dat soms familie van u? Nooit aan beginnen – aan een werkstuk over uw familie. U zult erachter komen dat drie van uw tantes gek zijn, dat uw vader eigenlijk uw vader niet is en dat uw moeder u helemaal niet wilde hebben, wat men haar niet echt kwalijk kan nemen – zo te zien.'

Ko werd ongeduldig. 'Het liefst een dun boekje,' zei hij, 'het moet morgen af zijn.'

'Bespaar me de vreselijke details,' zei de man. 'Vertelt u wat meer van dat Rusland! Is het groot of klein, de verkoper moet op weg geholpen worden.'

'Ik moet ook iets over ene Lenin weten,' meldde Ko.

De man zag er nu uit als iemand die verschrikkelijk veel pijn lijdt.

'Zet maar in dat werkstuk van u dat Rusland groter is dan Friesland, maar weer wat minder groot dan de Stille Oceaan,' fluisterde hij hees. 'Misschien verrast u daarmee uw betreurenswaardige leerkracht. Gaat u nu maar weg. Dat behoor ik niet te zeggen, maar vergeeft u mij alstublieft deze kleine onvolkomenheid in mijn dienstbetoon.'

'U hebt geen dun boekje over Rusland?'

'Nee nee nee,' kraste de man nu met hoge stem. 'Ik wil het niet meer horen: een dun boekje over Rusland – ene Lenin, al zou het hier een ongewassen en in een duister dialect sprekende sportfiguur betreffen. Het is allemaal niet fatsoenlijk om tegen een belezen en volkomen ten onrechte in de middenstand verzeild geraakte bejaarde te zeggen! U wilt me toch geen verdriet doen? U ziet er wel zeldzaam onnozel uit,

maar echt slecht lijkt u me niet, er is nog hoop dat u een eerlijke patatverkoper zult worden – goed voor vrouw en kinders.'
'Het hoeft geen lang werkstuk te zijn,' zei Ko.
'Vertel me even snel wat u al weet!'
Ko aarzelde. Hij vond de man geen echt goede verkoper.
''t Is een heel groot land,' zei Ko voorzichtig.
Er viel een stilte.
'Dat is het,' zei de man. 'U schokt me niet – ik was voorbereid. Hoe wilt u mijn zaak verlaten? Doet u het geheel en al op eigen kracht, maar wel zeer snel, of moet er enig handgemeen met een oude man aan voorafgaan? Voor een goede zaak ben ik bereid om op de vuist te gaan met de jeugd, ik houd niet van jeugd, ik hield al niet van mijn eigen jeugd – laat staan van de jeugd van anderen.'
'U kunt mij dus niet helpen,' zei Ko beleefd en deed een pasje naar achteren.
De man begon schor te lachen. 'Nee, wis en drie kan ik u niet helpen, ik ben geen geneesheer, ik voel niets voor mijn medemens, ik laat ze dwalen in domheid, ongeloof en haat – ja, zonder een hand naar ze uit te steken. Als ik maar rustig mijn middagpauze mag hebben en de deur mag sluiten wanneer ik daartoe het verlangen heb. Het spijt me dat ik u niet van dienst kan zijn.'
Toen Ko veilig buiten was en afstand van de winkel had genomen, zag hij hoe de man hoofdschuddend en mopperend de deur van zijn zaakje op slot deed.

Kathedraal

Toen Ko in de klas vertelde dat hij heel vroeger wel eens sigarebandjes had gespaard, trok hij de aandacht van Frederik – een jongen die bijna de hele dag vaag glimlachte, maar ook heel gemeen kon kijken naar kleine vliegjes.
'Je moet maar es bij me komen,' zei Frederik zacht alsof het een komplot betrof. 'Ik heb thuis de grootste verzameling lucifersdoosjes ter wereld!'
'Rook je dan zo veel?' vroeg Ko, waarop Frederik hem misprijzend aankeek.
'Uit alle landen,' zei de jongen.
'Ook uit Lapland?' vroeg Ko.
'Je kunt het zo gek niet bedenken,' zei Frederik. 'Uit Columbia, uit Iran, uit Japan, uit Nepal, uit Koeweit, uit Zuid-Afrika – de blanken hebben daar witte lucifers met een donker kopje, en de zwarten hebben donkere lucifers met een wit kopje.'
'Maar niet uit Lapland?' zeurde Ko.
'De Lappen gebruiken geen lucifers,' zei Frederik kortaf.
'Ik zag laatst,' zei Ko, 'een foto van een Lap – en die vent

droeg een digitaal horloge, ja, zullen ze toch zeker ook wel lucifers hebben. Ze zullen toch niet meteen van vuurstenen overgegaan zijn op elektronische aanstekers?'
'Volgende maand,' zei Frederik verbeten, 'heb ik doosjes uit Lapland, reken maar!'
'Ja,' zei Ko, 'anders is je verzameling natuurlijk niet echt compleet.'
Maar Frederik lette niet meer op Ko. Hij begon een onrein geworden stukje kauwgom van zijn schoenzool te verwijderen – het stukje kauwgom had er lange tijd geen zin in om verwijderd te worden.

Een paar weken later stond Ko in de kamer van Frederik, en hij keek al bewonderend toen hij nog niks te zien had gekregen. Maar het duurde niet lang of Frederik had talloze doosjes op een smalle tafel uitgestald.
'Mag ik ze aanraken?' vroeg Ko.
'Voorzichtig,' zei Frederik, 'heel voorzichtig.'
Ko nam een doosje in de hand. 'Hee,' zei hij, "t is leeg.'
'Ze zijn,' zei Frederik, 'allemaal leeg.' Hij keek Ko aan met de blik van iemand die weet dat sommige diep treurige zaken altijd diep treurig zullen blijven.
'Er hebben toch wel lucifers ingezeten?' vroeg Ko.
'Zeker,' zei Frederik, 'wat dacht je! Daar zijn die doosjes voor – om lucifers te bevatten.'
'Waar zijn al die lucifers?' wilde Ko nu weten.
'Moet ik je dat echt vertellen!' zuchtte Frederik.
Eerst was Ko niet nieuwsgierig – maar omdat Frederik zo geheimzinnig deed, werd hij het vanzelf. Wat verborg Frederik?
'Ik heb ze niet gebruikt,' zei Frederik somber, 'maar ja, als je zo aandringt, je dringt aan?'
'Ik dring aan,' zei Ko.
'Kom dan maar mee,' zei Frederik en hij ging Ko voor naar de gang.

Bij de deur van de woonkamer bleef Frederik staan. Hij

klopte.
Wie klopt er nou in zijn eigen huis op een deur? dacht Ko.
'Wat is er?' hoorden ze een seconde later een stem angstig vragen.
'Er is hier iemand die het wil zien,' zei Frederik.
'Wie wie?' klonk het nu nog angstiger.
'Een jongen uit mijn klas,' zei Frederik.
'Hij rookt toch niet?'
'Nee, hij rookt niet.'
'Ik heb nog nooit gerookt,' zei Ko trots, maar Frederik maakte hier geen melding van.
'Mogen we?' vroeg Frederik.
'Ja ja, goed, maar voorzichtig – heel voorzichtig.'
Langzaam opende Frederik de deur. Ze gingen naar binnen. Nu stonden ze in een niet al te grote kamer waar slechts één brandende lamp de duisternis had verdreven. In het midden van de kamer stond een tafel. Aan die tafel zat de vader van Frederik – een magere zorgelijke man die zo te zien een bril droeg die niet geschikt was voor z'n ogen.
Maar wat Ko vooral trof, was het enorme bouwwerk dat op de tafel stond. Een reusachtige speelgoedkerk – bijna wit, met talloze puntige torens.
'De kathedraal,' fluisterde Frederik.
Ko deed een stap naar voren.
'Ho ho,' riep Frederiks vader, 'ho ho, pas op, stoot niet tegen de tafel alsjeblieft, dat zou een ramp zijn.'
De moeder van Frederik zat doodstil bij de haard die niet brandde. Ze warmde haar handen aan een vuur dat er niet was, ze glimlachte er tevreden bij, ja, het leek zelfs alsof ze naar vrolijk met elkaar spelende vlammetjes keek.
'Vijftien graden is niet koud,' zei de man, 'dan hoeft de kachel nog niet aan.'
Ko voelde zich niet helemaal op z'n gemak. Zijn neus begon te kriebelen. O jee. Moest hij niezen?
'Mooi, hè!' zei Frederik dromerig. 'Dit is nou...'
'Laat mij het vertellen, jongen,' zei Frederiks vader. 'Ja, dit is de kathedraal! De grootste kathedraal van de wereld in het

klein. Er zitten 2639527 lucifers in verwerkt. Ik heb er 3841 uur aan gewerkt.'

Ko was er nu zeker van – hij moest niezen.

'In het midden,' ging de man verder, 'komt de allergrootste toren, ja ja, aan het eind van het jaar moet die er staan.'

'Wat je,' zei Ko met benauwd stemgeluid, 'al niet met lucifers kunt doen!' Hij boog zijn hoofd terwijl hij door een al bijna 'Ho' roepende man met wantrouwen werd bekeken.

'Hee,' zei Ko, 'ze zijn nog intact,' en hij keek Frederik verbaasd aan. De jongen lette niet op hem – hij staarde met grote ogen naar de kathedraal en scheen het te betreuren dat hij niet klein genoeg was om dit heilige gebouw te kunnen betreden.

'Morgen krijg ik vijftig doosjes uit Venezuela, vader,' zei Frederik zacht. Hoorde Ko het goed? Klonk er ook iets van dreiging in Frederiks stem?

'Goed zo, jongen, op jou kan ik bouwen.'

'Allemaal nog gave lucifers!' zei Ko. En toen niesde hij omdat hij vergeten was dat hij moest niezen en dus niets meer deed om het tegen te gaan.

De man stond met een kreet op, de vrouw verborg haar hoofd in haar handen, en Frederik begon meteen aan Ko's rug te trekken. Maar goddank – de kathedraal stond er nog.

Ko fietste op zijn gemak naar huis. Hij niesde nog een paar keer, maar zo in de open lucht was het een geluidje van niks. Prachtig, dacht Ko, wat een bouwwerk!

Maar hij dacht ook: Frederik zal vast op een dag een van zijn vele lucifertjes laten ontvlammen en bij de kathedraal houden. Ah! Wat een geweldige fik zal dat worden!

Schoolkrant

Omdat Ko een keer bijzonder nat was geworden van een regenbui, had hij een stukje geschreven over het nut van paraplu's. In een overmoedige bui zond hij dit naar de redactie van de schoolkrant. Tot zijn grote verdriet vond hij het stukje niet in het nieuwe nummer.
Waarin had hij gefaald?
Had de redactie geen belangstelling voor paraplu's? Maar daar ging het toch niet om. Hij bezat zelf ook geen paraplu. En hij was niet in de verste verte van plan zich een paraplu aan te schaffen.
Ko besloot het er niet bij te laten zitten.

Op een dinsdagmiddag opende hij met een woest gebaar de deur van het kamertje waar de redactie zat te vergaderen. Met enige verbazing werd zijn binnenkomen door de redactieleden waargenomen.
'Wie is die mijnheer?' wilde een lange jongen met een bril weten.
'Ik ben Ko Kruier,' zei Ko, 'de schrijver van het artikel *Over*

het nut van paraplu's.'
De redactieleden keken er niet van op.
'En wie,' vroeg de jongen met bril, 'mag in vredesnaam Ko Kruier wezen?'
'Waarom,' hoorde Ko zichzelf onnodig luid vragen, 'is mijn stukje niet geplaatst?'
'Klachten,' vernam hij, 'moet men in een brief vatten en naar ons toesturen – binnen veertien dagen antwoord, daarna geen discussie meer.'
'Ik heb er een hele middag aan gewerkt,' zei Ko, 'en ik heb het aan Dieuwertje voorgelezen – en die moest een paar keer lachen!'
'Weet je zeker,' vroeg een van de redactieleden, 'dat ze om de inhoud van het stukje lachte? Was het misschien niet de voorlezer zelf die haar zo vrolijk stemde?'
'Over paraplu's, een grapje,' zei Ko diep verontwaardigd.
'Een buitengewoon belangwekkend onderwerp,' zei eentje, 'waar geen aandacht genoeg aan besteed kan worden. Er wordt al genoeg gezeurd over alle ellende in de wereld. Wie kan er nog iets zinnigs schrijven over lucht- en watervervuiling, over misleidende regeringsbesluiten, over verdovende middelen en de nadelige invloed van alcohol op de hersens?'
'Wie schrijft er nou serieus over paraplu's,' bracht Ko aarzelend te berde.
'Was het soms komisch bedoeld?' vroeg de jongen met bril. 'Misschien had je dat er even bij moeten vermelden. Misschien heb je ons overschat door erop te rekenen dat wij daar geheel op eigen kracht achter zouden komen.'
Een van de jongens haalde uit een map een velletje papier dat Ko niet onbekend voorkwam.
'Hier is het,' zei de jongen. 'Zal ik het even voorlezen?'
'In aanwezigheid van de patiënt?' klonk het bezorgd.
'Zachte dokters...' mompelde de jongen en hield het velletje niet ver van zijn ogen. *'Over het nut van paraplu's,'* las hij zeer somber.
'Dat is de titel,' zei Ko en hij glimlachte naar de redactieleden; er kwam geen lachje terug.

'*Een paraplu,*' droeg de jongen met weinig enthousiasme voor, '*is een dakje zonder muren, en omdat er geen muren zijn, is het niet gebonden aan een bepaalde plaats.*'
Ko grinnikte.
De voorlezer keek even verstoord op. Hij vervolgde: '*Als het regent heeft men alleen buiten iets aan een paraplu wanneer men hem niet is vergeten. Hoewel het gemis van één arm geen bezwaar hoeft te zijn, heeft men weinig aan een paraplu als men beide armen mist.*'
De voorlezer pauzeerde nu even. Ko voelde zich naakt.
'Mijn vader heeft gelijk,' zei de jongen met bril, 'humor is een ernstige zaak.' Er werd verder voorgelezen. '*Men kan een paraplu ook als wandelstok gebruiken, maar een wandelstok niet als paraplu, zoals men een pan wel als schaal kan gebruiken, maar omgekeerd niet.*'
De voorlezende jongen moest even ademhalen.
Het leukste moet nog komen, stelde Ko zichzelf al denkende gerust. En hij hoorde: '*Iemand die verscholen gaat onder een paraplu, heeft vaak niet in de gaten dat het niet meer regent. Daardoor komt het dat men zo vaak iemand met een geopende paraplu ziet lopen als er geen druppeltje meer valt.*' De jongen herhaalde toonloos: '...*als er geen druppeltje meer valt.*'
'Regen,' verduidelijkte Ko, 'is het vallen van druppeltjes.'
'Dat plaatsen we,' zei de jongen met bril luid. 'Regen is het vallen van druppeltjes! En daaronder mooi je naam: Ko Kruier. Je zult bewonderd worden.'
Ko kreeg het velletje terug.
De redactieleden vervielen in een triest zwijgen.
'Is dat een geintje?' wilde Ko weten.
'We zijn allerminst vrolijk,' klonk het, 'maar we willen iedereen een kans geven – ook waar geen hoop meer is. Ga nu maar.'

Treurig gestemd verliet Ko het kamertje. Zelden had hij zo'n melig verhaaltje horen voorlezen. Dat had hij niet geschreven – kom nou! Als hij het zelf las, was het heel anders en veel aardiger.
Gelukkig liep hij Dieuwertje tegen het lijf.

'Mag ik je straks nog een keer voorlezen van die paraplu's?' vroeg hij met een stem waarin alleen merkbaar voor hem een huilbui lag verborgen.
Dieuwertje knikte.
'Natuurlijk,' zei ze.

Geld verdienen

Omdat Ko altijd een schromelijk tekort aan contanten had, besloot hij in z'n vrije tijd wat geld te gaan verdienen. Banketbakker Kwiek bleek bereid hem een paar middagen als hulpje te beproeven. Ko meldde zich op een donderdagmiddag na drieën in de zaak.
'Waarmee kan ik u van dienst zijn?' vroeg een juffrouw die in het bezit was van een grote bos oranje haar. Die bos zat als een muts op haar hoofd en werd omstrengeld door een ketting vol glitterdingen, zodat ze er bijna even feestelijk uitzag als de kleurrijke taarten in haar omgeving.
Toen Ko zei: 'Ik kom hier omdat ze weten dat ik kom en omdat ik zou werken en omdat ik nou vrij van school heb,' verdween haar goede humeur. Haar hand, met aan iedere vinger een paar ringen, gebaarde naar een deur achter een glazen vitrinekast waarin verschillende puddingen in de glorietijd van hun bestaan verkeerden.
Ko kwam in een grote ruimte waar drie uiterst zwijgzame mannen bezig waren met het versieren van taarten. Toen hij zich bekend had gemaakt, zei de dikste, die met vlezige vin-

gers bijzonder kleine kersjes uit een bakje haalde om die trefzeker maar weinig liefdevol op een nogal blote taart te werpen: 'Daar staan de dozen, de adressen zijn erop geplakt.'
'Ik ben met de fiets,' zei Ko onzeker. Ze dachten toch zeker niet dat hij een complete bestelwagen tot zijn beschikking had?
'Niet mee schudden,' hoorde hij. 'Als ik klachten krijg, vlieg je eruit.'
Omdat Ko nog niet echt aan dit werk gehecht was geraakt, schrok hij niet bij deze aankondiging van een mogelijk ontslag.
'Kan dat met een fiets?' vroeg hij nieuwsgierig. 'Allebei die dozen?'
De man keek nu op. 'Hoe komen we aan deze flapdrol, Kees?'
Niemand antwoordde, zodat Ko er niet achterkwam welke van de twee andere mannen Kees heette.
'Je kan toch wel met één hand fietsen?'
'Ook wel zonder handen,' zei Ko.
'We verlangen geen circuskunstjes. Je moet die dozen bezorgen, en snel, en je moet je netjes gedragen – dag mevrouw, hier zijn de taartjes van banketbakkerij Kwiek, met de complimenten van meneer Kwiek. En dan niet te lang wachten want een fooitje krijg je wel of niet, het heeft geen zin om onbeleefde gezichten te trekken.'
Traag liep Ko naar de dozen. 'Eentje,' zei hij, 'zou misschien nog wel gaan. Dat red ik wel. Kijk, dan houd ik hem zo vast...'
En alsof hij een mimespeler was, beeldde Ko nu een figuur uit die met zijn ene hand een doos vasthield en met zijn andere het stuur van een fiets. 'En dan roep ik wel 'Ho ho' als ik eigenlijk moet bellen. En als ik naar links of rechts moet afslaan, dan steek ik gewoon even een voet uit, doe ik wel vaker, maar ja, remmen is wat lastiger, dan sla je misschien over de kop, niet zo erg voor mij, 't gebeurt me wel vaker, maar voor die taartjes in de doos, nee, is het vast niet goed.'
De drie mannen waren stil geworden, ze bemoeiden zich even niet met de taarten. Ze keken zonder plezier naar de druk pratende Ko.

'Is je vader bij de revue?' werd er gevraagd.
'Je moet ze allebei bezorgen,' zei de dikke met de kersjes.
'Bent u meneer Kwiek?' vroeg Ko.
'We zijn alle drie Kwiek. Karel Kwiek, Kees Kwiek en Koos Kwiek – meesters in het vak.'
'Acht gulden per uur,' zei een van de Kwieks, 'als je twee dozen aan kunt. Vier gulden per uur als je maar één doos bezorgt.'
Ko tilde een van de dozen op.
'Zwaar,' zei hij terwijl hij het adres las en meteen begreep dat hij wel een uurtje onderweg zou zijn. Waarom hadden die mensen hun bestelling niet geplaatst bij een banketbakkerij in hun buurt? Was Kwiek zo goed? Waarom hielden ze geen rekening met een eenvoudige loopjongen?
'Je bevalt me niet,' zei de opper-Kwiek. 'Jij hebt geen gezicht dat naar werken staat.'
'Ik houd niet van taartjes,' zei Ko, die zelf niet begreep waarom hij de gebroeders opeens lastig viel met deze mededeling. 'En eerlijk gezegd: vier gulden is me te weinig. Het leek me wel aardig – geld verdienen, maar het kan ook nog even wachten.'
Met grote stappen beende Ko het vertrek uit, terwijl hij het gezwijg van de drie Kwieks bijna kon horen.

'Vergeet je de dozen niet?' vroeg de opgetuigde juffrouw vals.
Ko haalde zijn laatste guldens te voorschijn en wees naar het grootste taartje dat hij zag.
'Die graag,' zei Ko.
'Zoals u wilt, meneer,' zei ze stijf, en met een chagrijnig gezicht deed ze het taartje in een zindelijk kartonnen bakje.
Je kunt beter klant zijn, dacht Ko.
Buiten nam Ko een paar happen van het taartje, de rest voerde hij aan de vogeltjes die af en toe verbaasd opkeken omdat ze zoveel zoetigheid niet gewend waren.
'Zonder werk geen eten,' mompelde Ko. 'Daar trekken jullie je niks van aan – maar ik ook niet.'

Chinees eten

Omdat Ko een mooi gaaf – ja, bijna glinsterend! – biljet van 25 gulden op straat had gevonden, nodigde hij Dieuwertje uit om bij de Chinees te gaan eten. Een vriend van zijn vader gaf hem een adres in een zijstraat, waar de gerechten zeer Chinees en billijk van prijs moesten zijn.

En zo gebeurde het dat Ko en Dieuwertje in de namiddag van een mooie lentedag een door zware balken gestut pandje binnenstapten; op een smal en zeer Hollands raam stond *Tante Mei Hwa* geschilderd.

Binnen was het doodstil.

Enkele blote neonbuizen zorgden voor ongezellig licht, wat wel nodig was, want de ramen waren zeer lang geleden voor het laatst gelapt, om de een of andere reden waren ze ook nog beklad met grote vegen bruine verf. Alle tafeltjes waren onbezet. Tegen een kleine bar stond een roerloze Chinees geleund, die kennelijk niet had gemerkt dat er klanten waren gearriveerd.

'Waar zullen we gaan zitten?' vroeg Ko.

'Zullen we wel gaan zitten?' fluisterde Dieuwertje, die een

beetje geschrokken om zich heen keek. 'Ik heb eigenlijk geen honger. Er zit hier geen mens – wij zijn de enigen.'
''t Is heel licht,' zei Ko, 'Chinees eten, daar stil je nauwelijks je honger mee – heb ik wel gehoord.'
'Als je geen honger hebt,' zei Dieuwertje, 'valt er ook niks te stillen, ik wil naar huis.'
'Ga zitten,' beval Ko. 'Wat nou, we doen dit voor ons plezier!'
Toen ze zaten, glimlachte Ko even feestelijk naar het wat triest uitziende meisje. De Chinees kwam nu naderbij, hield zo te horen een kort toespraakje in zijn eigen taal en gaf ze daarna de kaart.
Nadat hij de prijzen had bestudeerd, zei Ko: 'Dat kan ons de kop niet kosten.'
'Ik wil niks,' zei Dieuwertje.
Ko negeerde haar opmerking. 'Laten we maar beginnen met een loempia,' zei hij. 'Wat wil je erbij drinken?'
'Ik wil een glas water,' zei Dieuwertje.
'En wat wil je daarbij eten?' vroeg Ko, die de moed niet opgaf.
De Chinees stond nog altijd gezellig naast hun tafeltje.
'Kjiepsjoep,' zei hij onverwachts, waarbij hij met ondoorgrondelijke Oosterse blik naar de twee jonge mensen keek.
'Wat zegt hij?' fluisterde Ko.
'Hij zegt,' zei Dieuwertje, 'hij zegt: kippesoep.'
'Nee nee,' zei Ko, 'geen kippesoep.'
De man schreef meteen wat Chinese tekens in zijn aantekenboekje.
'Loempia!' riep Ko luid.
'Loehoempieja, ja ja, lekker lekker,' sprak de Chinees en ging verder met noteren.
Het duurde niet lang of er stonden op hun tafeltje twee koppen met gele bouillon waarin stukken kip en groentesliertjes van diverse kleur en grootte ronddobberden.
Omdat ze de enige gasten waren, en omdat de Chinees in alle rust stond te mijmeren over een land dat wel heel ver weg was, en omdat Dieuwertje niet slikte of zelfs maar proefde,

lukte het Ko niet om zonder opvallende geluiden zijn soep te nuttigen. Dieuwertje blies wel naar de soep, maar nam geen hap, zodat ze niet opschoot.

'Heerlijk,' zei Ko, die even pauzeerde omdat hij zich had gebrand, ''t is weer eens wat anders.'

'Anders dan wat?' vroeg Dieuwertje.

'Nou ja, anders dan wat je thuis eet. Dan zit er nauwelijks kip in de kippesoep. Kijk eens, wat een brokken!' En hij liet Dieuwertje een stuk kip zien dat buitengemeen nat en bleek was. Ze trok een vies gezicht.

'Ik vind het raar,' zei Dieuwertje, 'eten met iemand, ik bedoel samen eten, dingen in je mond stoppen die je er eigenlijk niet in wilt stoppen, waarom doen mensen dat?'

'Voor de gezelligheid,' zei Ko.

'Als je erover nadenkt, is het gek,' zei Dieuwertje. 'Het is nodig, dat wel, ik bedoel: als brandstof heb je het nodig, en het is meegenomen als het niet onaangenaam smaakt, maar waarom zijn mensen daar zo druk mee? Al die winkels – met al dat eten, en drie keer per dag, steeds maar weer, bij iedere kop thee of koffie iets dat naar zand en suiker smaakt, ik begrijp daar niet veel van.'

'Mijn vader zegt,' zei Ko, 'dat je niet van mooie boeken kunt houden als je niet van lekker eten houdt.'

'Ik houd van sonnetten,' zei Dieuwertje, 'en soms een beetje van boerenkool. Zouden Chinezen van boerenkool houden?'

Ko wilde in deze Oosterse omgeving niet aan boerenkool denken, en tot zijn genoegen zag hij dat de loempia's al werden gebracht.

Een kwartier later sneed Ko, met zijn laatste restje eetlust, de loempia van Dieuwertje aan.

'Wat is er Chinees aan dit eten?' vroeg Dieuwertje zich hoorbaar af. 'Vet en meel – dat heb je overal. En is die man wel een Chinees? Ik vraag me af of echte Chinezen daar niet heel anders over denken.'

Ko hield op met eten en keek om zich heen.

Waarachtig!

Hij zat in een overdadig met lampionnetjes versierde Hol-

landse huiskamer. Die Chinees daar droeg een broek die je voor een schappelijk prijsje bij C&A kon kopen. En die loempia rook naar ranzig frituurvet – een luchtje dat je 's avonds overal in de binnenstad kon opsnuiven. Alles was hier anders dan het leek te zijn. Straks zou die man zijn Chinese gezicht afzetten en naar huis gaan – naar moeder de vrouw.
Alleen Dieuwertje was echt.
Net zo echt als een Chinees meisje dat niet van boerenkool houdt.

Bij de dokter

Na het verorberen van twee vrij grote loempia's, was Ko niet helemaal de oude meer. Een halve nacht sliep hij niet, en de andere helft dat hij wel sliep, werd hij lastig gevallen door bliksemnachtmerries die hem ondanks hun geringe tijdsduur en onsamenhangende verhaaltjes toch de nodige schrik bezorgden. Hij liep bijvoorbeeld door een gang in zijn huis en zag opeens dat er een totaal onbekende figuur uit een van de kamers sprong – geen al te aangrijpend voorval, maar toch genoeg om Ko met een kreet wakker te maken.
De ochtend na al deze avonturen was hij ziek. Zijn benen trilden, de thee smaakte naar water dat in een oud soepblikje was opgewarmd, en na een hap bruin brood met kaas te hebben weggeslikt, wist Ko met grote zekerheid dat hij nooit in zijn leven meer iets zou eten of drinken, en hij concludeerde dat het dientengevolge wel gauw met hem gedaan zou zijn. Zijn moeder belde de doker.
'Je moet naar hem toegaan,' zei ze nadat ze de koorts had opgenomen.
'Hoeveel heb ik?' vroeg Ko.

'Iets van 38,' zei zijn moeder. 'Had je nou meer dan 39, dan zou de dokter hier komen.'
'Zeg dan,' zei Ko, 'dat ik 39 heb.'
'Je wilt toch niet dat ik ga liegen,' zei zijn moeder. 'Die man heeft wel een pilletje voor je, ben je in een wip beter.'
'Ik ben ziek,' piepte Ko, 'en ik wil geen pilletjes, dan raak ik verslaafd. Wil je Dieuwertje even bellen en haar zeggen dat ik doodga.'
In de wachtkamer was Ko er zeker van dat hij nu 39 had, en sterker: dat de koorts met de minuut opliep, en dat hij heel gauw in die benauwende ruimte waar overal mensen zaten die elkaar met zuinige mondjes hun diverse en vaak ook wat bloederige kwalen opbiechtten, zou wegsmelten. Ja, het zou niet lang meer duren of op de plek waar zich even daarvoor nog Ko Kruier bevond, zou niets meer dan een onrein plasje op de vloer aan zijn bestaan herinneren – en niemand zou er zich iets van aantrekken.
De oude dokter Verwaarden bleek veranderd in een slaperig jongmens dat Ko verveeld aankeek en op zijn hoofd krabde.
'Waar is de dokter?' vroeg Ko.
'Aan het vissen,' zei de jongeman. 'Ik neem hem waar – over een tijdje zit ik hier voorgoed. Ik krijg deze praktijk van pa en ma – ze hadden er eerst een huwelijkscadeautje van willen maken, maar niemand wil met me trouwen. God mag weten hoe, maar ik ben geslaagd voor mijn doctoraal. Nou ja. Dokter Verwaarden zegt: je hoeft ze meestal niet te genezen, als je ze maar laat praten, dan gaan ze vanzelf monter naar huis, in vredesnaam: probeer ze niet op hardhandige wijze beter te maken, want dat loopt meestal op niks uit.'
'Ik ben ziek en misselijk,' zei Ko.
'Iets gegeten of zo?'
'Twee loempia's gisteren – twee vrij grote loempia's.'
'Twee loempia's! Wees blij dat je nog leeft – je kunt net zo goed driehoog het raam uitspringen.'
'Ik zit ermee,' zei Ko.
'Ve-tsin – dat strooien ze erin, raar spulletje, jongen, het gerecht gaat er iets duidelijker door smaken, maar 's nachts

wordt de consument bezocht door spoken!'
De jongeman keek nu met een ernstig gezicht naar zijn handpalm. Het leek wel alsof hij aan het lezen was. Een droevig vers zo te zien.
'Daar heb ik nou al de hele ochtend last van,' zei hij. 'Een verrekte splinter, 't ding wil maar niet weg, straks gaat het nog zweren, moet ik naar de dokter, nee toch?' Hij keek Ko wat verontrust aan. 'Heb jij daar verstand van?' vroeg hij. Ko liep naar hem toe en mocht naar de handpalm kijken – onder een vliesdun stukje huid ontdekte hij een grote en donkere splinter.
'Lelijk,' zei Ko en hij deed zijn horloge van zijn pols.
'Wat ga je doen?' vroeg de jongeman angstig. 'Ga je me pijn doen?'
'Die splinter moet toch weg,' zei Ko.
'Ja, maar moet dat per se vandaag? Ik bedoel: echt last heb ik er niet van.'
''t Is zo gebeurd,' zei Ko en hij likte met zijn tong het scherpe puntje van het horlogebandgespje nat. 'Van mijn vader geleerd!'
'Is je vader dokter?'
'Nee, de jouwe?'
'Nee nee,' zei de jongeman, 'mijn vader is een handelaar – heel rijk, maar zeer dom en onontwikkeld. Daarom moest ik het ver brengen. Tja, en daarom is zijn enige zoon – dat ben ikke – een gestudeerd mens geworden. Au.'
De jongeman wendde zijn hoofd af. Hij durfde niet verder naar Ko's handelingen te kijken.
Na een tijdje peuteren wipte Ko de splinter eruit. Hij wreef het ding op het puntje van zijn wijsvinger en liet het trots aan de nieuwe dokter zien. 'Au,' zei die nog een keer, en ook: 'Hee, daar is-ie, handig zeg, dat moet ik onthouden, maar ja, met deze eenvoudige kwaaltjes komen de mensen niet bij me.' En fluisterend: 'Zitten er nog veel in de wachtkamer?'
'Nog wel wat,' zei Ko.
'Ik hoop: een paar steenpuisten. Die zijn vaak zo groot dat je er nauwelijks naast kunt snijden. Afijn – wat jou betreft – slik

maar wat norit, een paar aspirientjes, beterschap!'

Terug in de wachtkamer zag Ko hoe een bejaarde vrouw met een kleurige omslagdoek om haar hoofd en met een kolossaal achterwerk zich zuchtend en proestend naar de geneesheer begaf.

Van die kan hij ook nog wat leren, dacht Ko, die kent vast allerlei geheime middeltjes waarmee je je zieke medemens van dienst kunt zijn.

Koorts

Ko lag zeer ziek in zijn bed – met een koorts die veel groter was dan hij zelf. Na een hele ochtend dromen zonder te slapen, voelde Ko zich zeer uitgeput, en omdat hij al die uren hevig zweette, was het hem op het laatst alsof hij verborgen lag in een spons met lauw water. Maar het water was net als de dromen, niet echt.
 Niets was meer echt.
 En het minst echte van alles was hij zelf.
 Af en toe richtte hij zijn hoofd op, maar dat bleek niets gedaan, want de eigenaardige kringetjes die dan voor z'n ogen begonnen te dansen, vond hij niet grappig om te zien, nee, daar werd hij alleen maar duizelig van, en waarom zou hij ook nog duizelig worden als hij toch al zo ziek was?
 's Middags droomde hij van Dieuwertje. Het was de aardigste droom van allemaal – en dat kwam vooral omdat het kind zich zo rustig gedroeg en niet allerlei vreemde streken uithaalde. Dat laatste kon hij bepaald niet van alle bekenden zeggen die in zijn dromen ronddwaalden. Nee. Ze zat kalm in een stoel en keek wat bezorgd naar hem, bewoog zich nauwelijks.

'Jee,' zei ze, 'wat ben jij ziek!'
Ko knikte. Au. Nee, dat moest hij niet doen. Dat knikken kwam later wel weer eens. En waarom zou hij knikken in zijn eigen droom?
'Als ik niet wist dat jij het was,' zei Dieuwertje, 'zou ik niet kunnen zien dat jij het was, ik bedoel: dan zou ik denken dat ik je nu voor het eerst te zien kreeg, maar ja, dat zou wel heel gek zijn, want waarom zou ik opeens naast het bed gaan zitten van een jongen die ik niet ken. Je ziet er wel grappig uit – zo ernstig.'
Ko moest hierover nadenken. Wat aardig dat dit meisje net zo sprak als de echte Dieuwertje. Heel geruststellend. Een aangenaam slaperig gevoel kreeg hij ervan. Maar hoe kon je slaperig worden als je al sliep? Ko schudde heftig met zijn hoofd van nee. Ja, hij was het niet eens met zichzelf.
'Beweeg nou maar niet,' zei Dieuwertje.
'Dag dag,' zei Ko. Ze schrokken allebei van zijn stemgeluid. Het was niet alleen schor, maar het klonk ook onnodig zielig. Nu wist Ko dat hij niet droomde.
Het was doodgewoon de echte Dieuwertje die naast zijn bed zat en naar hem keek, terwijl hij er nog maar net op het nippertje was.
'Ik had een 7 voor de meetkunderepetitie,' zei Dieuwertje nu. 'Dat komt omdat ik de hele tijd aan jou moest denken. Had ik dat niet gedaan, dan zou ik wel weer een 9 of zoiets hebben gekregen.'
Een 9 of zoiets! Wat nou! Ko begon, hoewel dat nauwelijks mogelijk was, heviger te zweten. Zoveel mogelijkheden waren er toch niet. 'Ik maak die repetitie later wel es,' beloofde Ko, die zich er bij had neergelegd dat meetkunde niet een van zijn betere vakken was. Hij had zich nu overigens bij alles neergelegd – dat zou nog wel even zo blijven.
'We moeten maar niet praten,' zei Dieuwertje. 'Da's ook zo'n raar idee van mensen – dat ze altijd willen praten als ze in elkaars buurt zijn, tenminste, als ze elkaar kennen, ja, dan schijnt dat lawaai absoluut noodzakelijk te zijn. En hoe minder goed ze elkaar kennen, hoe harder ze tegen elkaar

schreeuwen, opscheppen en ik weet niet wat. Mensen die elkaar goed kennen, praten vaak dagen, weken, ja, soms wel maanden niet met elkaar!'
'Een goed idee,' zei Ko, 'maar hoe beginnen we daarmee?'
Hij probeerde Dieuwertje te zien. Omdat zijn hoofd gelukkig de goeie kant opviel, ontdekte hij haar. Ze perste haar lippen stijf op elkaar, ja, ze hield zelfs haar handen tegen haar oren. Nu kon ze niet praten – al zou ze willen.
Heel lang zeiden ze niks.
Ko dacht eraan dat het toch bijzonder aardig was om een meisje zo goed te kennen. En nu kenden ze elkaar goed, want er werd geen woord gesproken.
Het duurde niet lang of Ko viel in slaap.

Een brave held

Met tegenzin begaf Ko zich naar klaslokaal 13, waar mevrouw Hoofdhogend vruchteloze pogingen deed om jonge mensen iets bij te brengen van de geschiedenis der mensheid. Aangezien ze geen orde kon houden, en ook nauwelijks verstaanbaar was, bestond een lesuur bij haar uit ongehoord geschreeuw, getier en gegooi met van allerlei.
En daar zag Ko altijd weer tegenop.
Het voordeel van een leerkracht die orde kon houden, was toch dat je rustig wat kon zitten suffen en dromen over het een en ander. Hij werd er daarbij ook niet vrolijk van – naar een medemens te kijken die aan het vertellen was, maar die alleen door een ervaren liplezer te volgen zou zijn.
'Laten we nou es stil zijn,' zei Ko tegen de anderen. 'Wie weet kan dat mens verdomd goed vertellen, en als we niet es een keertje luisteren, komen we daar nooit achter.'
Maar ook naar hem werd niet geluisterd.
Ko ging zitten. Zijn klasgenoten dachten daar nog niet aan, nee, het leek zelfs of ze van die mogelijkheid geheel niet op de hoogte waren. De meisjes bekeken elkaars bloesjes en be-

spraken zeer luid de voordelen van katoenen stofjes – die gingen minder gauw plakken dan de synthetische rommel die hun moeders voor ze kochten. Ook Dieuwertje gedroeg zich niet braaf. Ja, ze had het dan wel niet over kleren, maar ze sprak met veel misbaar over de verkeerde informatie van Hitsuiker, de wiskundeleraar. 'Die man,' gilde ze, 'moet hoognodig bijscholing hebben. Veertig jaar geleden z'n doctoraal gehaald en daarna heeft-ie nooit meer een boek ingekeken.'

'Hij drinkt te veel,' opperde de mooie Wanda rustig.

'Dat kan mij niet schelen,' zei Dieuwertje. 'Ook iemand die zuipt, hoeft geen onzin te beweren.'

'Nee, maar het stinkt wel,' zei Wanda met opgetrokken neusje. Voor haar vertegenwoordigde een mens een lichaam – zijn eventuele geleerdheid kon haar niet schelen.

Ko keek naar mevrouw Hoofdhogend, want die was wel degelijk aanwezig. Een klein grijs wijfje dat vast veel hield van schaars verlichte kamers en mooie muziek. Ze zei iets, ja, dat kon Ko duidelijk zien. Door een wonder begreep hij ook wat ze zei. Ze zei: 'Stilte.' Ach, ze was als een goudvis die om droogte vroeg.

Opeens werd het wat stiller. Een speld kon je nog niet horen vallen, maar het op de grond donderen van een enorme kanonskogel zou de aanwezigen waarschijnlijk niet ontgaan. Het kwam alleen maar omdat er werd geluisterd naar een jongen die een anekdote – het korte verhaaltje met het grappige einde – vertelde. Toen hij de clou bedachtzaam had uitgesproken, reageerde iedereen zo op zijn eigen wijze: sommigen begonnen gierend te lachen, anderen stampten weer van puur plezier op de vloer, en enkelen gaven de dichtstbijzijnde medeleerling een klap op de schouder. Kortom: lawaai genoeg.

Mevrouw Hoofdhogend, gewend aan dit alles, was al begonnen met haar vijftig minuten durende verhaal. Op haar bewegende lippen na zat ze roerloos achter haar tafel – de handen in elkaar gevouwen, zodat het leek alsof ze was verzonken in een gebed dat alleen haar aanging.

Het werd Ko te gek.

Tot zijn eigen verbazing rees hij overeind en schreeuwde uit alle macht: 'En nou is het stil, stihil – stil stil!!'

Het klonk zo eigenaardig dat iedereen verbaasd naar hem opkeek.

Wat was er nu weer aan de hand met Ko Kruier?

Het gevolg was dat er een stilte viel, mevrouw Hoofdhogend haar mond sloot en zeer verschrikt naar Ko keek.

Ko voelde zich verlegen. Hij maakte een sierlijk gebaar naar mevrouw Hoofdhogend. 'Gaat u verder,' zei hij kalm. En tot de anderen: 'Bekken dicht, ga zitten, koest.'

Zoetjes gingen zijn klasgenoten zitten.

Als je bevelen krijgt van iemand van wie je dat niet gewend bent, gehoorzaam je al gauw. Situaties die mensen niet kennen, inspireren daartoe.

Ook Ko daalde langzaam naar de zitting van zijn stoel.

Mevrouw Hoofdhogend haalde even haar neus op, dat kon je zowaar horen. 'Wel,' zei ze moeizaam, en het was alsof ze schrok van haar eigen stem, 'aan het eind van de middeleeuwen probeerden de mensen zich te bevrijden van het patroon waarin ze tot dusver hadden geleefd.'

Het eind van de middeleeuwen! Jee, dacht Ko, zijn we daar al! Ben ik nou gedoemd om mijn verdere leven niks te weten van wat zich voor die tijd allemaal afspeelde?

'Ze werden,' lispelde mevrouw Hoofdhogend, 'ook nieuwsgieriger naar de rest van de wereld.'

Toen hield ze op.

Ze keek in paniek om zich heen.

Ko knikte haar bemoedigend toe. Een brave held was hij, maar ja: brave helden moesten er ook zijn – al hield hij zelf dan niet van ze.

Toen deed mevrouw Hoofdhogend haar handen voor haar ogen. Haar schouders begonnen te schokken.

Wat nu!

Een groot onbehagen overviel Ko. Maar het was duidelijk: mevrouw Hoofdhogend huilde. En daar was ze te groot voor – dat begreep een kind. Hoewel het al volledig stil was in de

klas, want ook het huilen maakte geen geluid, werd het toch nog stiller.
Iedereen keek naar mevrouw Hoofdhogend.
En ze zagen er allemaal uit als mensen die het huilen nog maar net hadden verleerd.

Ontmoetingen

Op een middag werd Ko op weg van school naar huis, toen hij juist aan een broodje kaas dacht, begroet door een uitbundig met beide armen zwaaiende Wanda. Als een mooi meisje vrolijk was, dan werd ze nog mooier – Ko zag dat onmiddellijk. Monter fietste hij naar haar toe. Even later stond hij stil, terwijl hij half op zijn fiets bleef zitten en met één been op het trottoir steunde.
Ach, wat keek Wanda hem aardig aan!
Hij moest een goeie dag hebben, ja, misschien was hij wel helemaal onverwachts een type geworden dat in de smaak viel.
'Ben jij handig?' vroeg Wanda.
Dat dacht ze natuurlijk omdat zijn schoolresultaten soms te wensen overlieten. Ze bleek overigens niet nieuwsgierig naar zijn antwoord.
'Jij bent handig,' stelde ze tevreden vast. 'Jij kunt vast goed met een barbecue omgaan. Ik begin daar niet aan, want dan krijg ik vieze handen.'
'Een barbecue!' zei Ko traag.

'Ja,' zei Wanda. 'Zo'n eng ding waarop je kunt roosteren, ik geef zaterdag een tuinfeestje, en dan moet er iemand bij de barbecue staan. Ervoor zorgen dat-ie brandt en zo, en de gasten bedienen.'

'Dat is wel praktisch,' zei Ko.

'Ik dacht,' zei Wanda, 'dat is vast iets voor jou. Ben je meteen een beetje op mijn tuinfeestje.'

Het laatste klonk wat bezorgd.

'Je moet natuurlijk,' zei Wanda streng, 'geen bier drinken, anders vlieg je in brand, moeten wij je blussen en dat is niet gezellig, en het moet gezellig zijn – mijn tuinfeestje.'

'Mag ik wel af en toe,' vroeg Ko, 'een hapje eten?'

Wanda trok haar fraaie neusje op. 'Je ziet maar,' zei ze. 'Ik ga niet de hele tijd op je letten.'

'Wie komen er?' wilde Ko weten.

'O, dat merk je wel, een heleboel jongens die je toch niet kent.'

'Alleen jongens?'

'Ja, zeg,' zei Wanda ongeduldig, 'er zullen ook wel wat meisjes komen, dat weet ik niet zo precies.'

'Moet ik nog een koksmuts op?' vroeg Ko.

'Als je geen zin hebt,' zei Wanda, 'heb ik zo een ander.'

Ja, Wanda zag er duidelijk uit als iemand die zo een ander had.

'Ik kom,' zei Ko. 'Waar is het?'

'Je moet die mensen hapjes geven,' zei Wanda, 'maar je moet niet te veel tegen ze praten, ik schrijf mijn adres wel even op, kom niet te vroeg en ga niet te laat weg.' Ze haalde een papiertje te voorschijn en schreef er iets op.

Op het moment dat ze het papiertje gaf, zag Ko dat Dieuwertje naderde. Het meisje liep wat snel voor haar doen. Ko stond daar opeens dom met een papiertje van Wanda in zijn hand.

Dieuwertje bleef staan.

Ko grijnsde maar wat.

'Kruier,' zei Dieuwertje nors, 'onze afspraak morgen – vergeet die maar, want ik kan niet, heb het te druk.'

Ko begreep het niet. Ze hadden helemaal geen afspraak voor de volgende dag. Of was hij het vergeten?
'En mijn boeken,' zei Dieuwertje, 'die wil ik ook graag terug. Kom ze vanavond maar brengen. Bel aan, en leg ze beneden aan de trap.'
'Ik heb pas in drie boeken gelezen,' zei Ko, 'en van elk van die boeken heb ik nog maar éénderde uit. Wanneer krijg ik mijn trui terug?'
'O, die kun je nu meteen krijgen,' zei Dieuwertje, en ze wilde zo pardoes midden op straat die trui over haar hoofd trekken.
'O, nou,' zei Ko snel, 'dat kan wel even wachten, dat heeft niet zo'n haast.' Bij toeval zag hij het papiertje met Wanda's adres weer. 'Dit is het adres van Wanda,' zei hij dom, 'dan weet ik waar ik moet zijn.'
'Je bent een lieverdje,' zei Wanda, die al die tijd met grote nieuwsgierigheid naar het tweetal had gekeken en geluisterd. 'Een schatje!' En ze kuste Ko even vluchtig op de wang – zoals een meisje wel doet bij een oeroude oom die een verjaarspresentje komt brengen.
Maar toch!
Ko viel bijna met fiets en al om.
Waarom was Wanda opeens zo aardig? Zou hij zich misschien toch een beetje vrij op haar tuinfeestje mogen bewegen?
Wanda knipoogde tegen hem, draaide zich om en liep weg terwijl ze met de vingers van haar ene hand door haar haren streek en met die van de andere klikte op de maat van een liedje dat niet te horen was en waarschijnlijk alleen in haar hoofd klonk.
Ko kon niet laten haar na te kijken. Zodoende vergat hij de hele Dieuwertje, die was blijven staan terwijl alle zaken toch tot ieders voldoening geregeld waren.
'Kruier,' zei Dieuwertje nu heel luid, zodat Ko schrok en zich snel naar haar wendde, 'wat heb je toch een vreselijk dom hoofd zo in de openlucht. Wat kijk je nou naar me!'
'Je praat toch tegen me.'

'Ik wil je nooit meer zien,' zei Dieuwertje, 'ook niet als ik je toevallig zie.' Toen draaide zij zich ook om en verwijderde zich van Ko terwijl haar korte benen de grootst mogelijke stappen namen.

Ach, dacht Ko, ik had haar nog willen vragen of zij iets van barbecuen weet. Ze is zo slim. Ze heeft van alles verstand.

WANDA

Barbecue

Met in zijn ene hand een platte lepel vol gaatjes en met in zijn andere een vork zo lang als een kort zwaard, stond Ko op een zwoele zaterdagavond achter de barbecue op het tuinfeestje van Wanda, en maakte zich verdienstelijk. Hij was een van de jongste gasten, want Wanda zocht haar favorieten in de hoogste schoolklassen – ferme knapen die nieuwe en donkerblauwe jasjes droegen, en goudkleurige horloges.

Het was Ko gelukt om de rommelige hoop houtskool brandende te krijgen, maar de eerste worstjes die hij uitdeelde, waren smartelijk verschroeid; ze werden dan ook niet opgegeten maar met een grote boog naar belendende tuinen gegooid.

Nadat Wanda hem verontwaardigd had gezegd dat haar gasten niet waren gekomen om verbrande vleesresten naar binnen te slikken, beterde Ko zijn leven. Hoewel er nog veel rook van de worstjes kwam en er af en toe straaltjes vet als kleine fonteintjes omhoog spoten en hem bespatten, wist Ko nu toch de oorspronkelijke kleur van de worstjes enigszins intact te laten.

Intussen dwarrelde Wanda van de ene blazer naar de andere. Ofschoon ze niet de indruk maakte dat ze scherp naar haar gasten luisterde, moest ze toch herhaaldelijk helder om iets lachen – en dat was een prachtig geluid, het leidde Ko meerdere malen van zijn werkzaamheden af.

Het van de worstjes afdruipende vet wakkerde het vuur aan. Er kwamen grote vlammen, die niet alleen met elkaar speelden, maar ook een aanslag deden op de worstjes.

Wat moest Ko doen?

Hij nam het zeer onverstandige besluit om het vuur met wat vocht te temperen. Omdat hij geen water bij de hand had, goot hij de inhoud van een colaflesje over de vlammen – met als gevolg dat er een enorme rookontwikkeling ontstond, die al zeer snel van het door lampions verlichte feestje een mistig geheel maakte.

En midden in het dichtste gedeelte van de mist bevond zich Ko Kruier, die in paniek om zich heen keek, want de barbecue was nu aan zijn oog onttrokken.

Met vuur moest je oppassen, dat wist Ko.

Hoewel hij geen hand voor ogen meer kon zien, zag hij wel onverwachts Wanda – ze moest dus wel heel dicht bij hem staan. Ze had haar neus met twee slanke vingertjes dichtgeknepen. Ze zei zeer nasaal: 'Zorg onmiddellijk dat die rook verdwijnt, Kruier, en ga dan naar huis.'

'Er is nog een hele doos met worstjes,' zei Ko. 'Kom niet te dichtbij, want het vuur brandt geloof ik nog wel.'

'Gaan jullie maar naar binnen, jongens,' riep Wanda naar haar onzichtbare gasten, ''t is zo opgelost.' En tegen Ko: 'Akelige jongen, je kunt er niets van.'

Ko liet een zeer lange barbecuelucifer ontvlammen. Hij zag daar op tweeërlei wijze het nut van in. Ten eerste zou hij nu de barbecue weer kunnen zien en ten tweede zou hij een poging kunnen wagen om het wellicht gedoofde houtskool opnieuw brandend te krijgen. Ongelukkigerwijze had hij met een derde mogelijkheid geen rekening gehouden. Omdat Wanda zo dicht bij hem stond, en omdat ze zo'n prachtig verzorgde slordige haardos bezat, vatten haar haren onmid-

dellijk vlam toen ze in aanraking kwamen met de vlammende luciferkop.
Ach. Opeens was Wanda's hoofd omringd door vlammen. Wat een prachtig gezicht – zeker in combinatie met haar van angst wijd geopende ogen. Een mooie heks, die op een feest dat haar niet behaagde, was verschenen om de aanwezigen daar veel ellende te voorspellen.
Maar Wanda voorspelde niets. 'Help!' riep ze alleen maar. Met een niet helemaal schoon vaatdoekje sloeg Ko op het mooie meisjeshoofd, en, ja hoor, de vlammen verdwenen even snel als ze waren gekomen.
En Wanda was weer een gewoon meisje – een beetje treurig meisje met een grote zwarte veeg over haar wangen.
'Ben ik gewond?' vroeg Wanda.
'Je bent wat zwart,' zei Ko. 'Heb je pijn ergens?'
'Weet ik niet,' zei Wanda. 'Ik voel niets meer, ik ben dood, wat deed je in vredesnaam?'
'Ik doof een brandje,' zei Ko. 'Nou ja, ik heb eventjes geleden een brandje gedoofd.' Hij was ook erg geschrokken. Met liefdevolle gebaren waar hij zelf niks van wist, aaide hij het vaatdoekje dat hem zo trouw had geholpen. En zeer hevig haalde hij zijn neus op. 'Je zag er zo prachtig uit,' mompelde Ko. 'Zo mooi met al die vlammen, zo schitterend, echt! Wat jammer dat je het zelf niet kon zien.'
Maar Wanda snelde van hem vandaan. Ze liet zich troosten door de andere jongens. Haar hoofd werd met grote nauwkeurigheid bekeken, en zorgzaam onderzocht op eventuele brandwonden. Alleen haar oren werden al door een zestal handen afgetast. Een van de jongens was zo aardig om met een nat zakdoekpuntje haar wang schoon te wrijven. Een andere blies tegen haar wenkbrauwen omdat hij daar lelijke roetkorreltjes had ontdekt.
Ko begaf zich naar het groepje.
'Straks zijn er weer worstjes,' zei hij. 'Even geduld.'
Wanda keek hem vernietigend aan.
'Hij is gevaarlijk,' zei ze, 'dat zie je niet aan hem, maar hij is echt gevaarlijk.'

Kauwend op een bloot worstje dat niet door de hitte was geteisterd, fietste Ko naar huis.
Hij voelde zich vrolijk noch verdrietig, nee, het was meer een onverklaarbaar heimwee dat hem lastig viel.
Zoiets moois zou hij in zijn leven nooit meer zien.
Een beeldschoon meisjesgezicht omringd door vlammen – dat kwam in het dagelijks leven te weinig voor. Daar kon je niet op gaan zitten wachten of naar op zoek gaan.
Maar Ko wist nu wat hij miste.

Gesprek

Ko stond braaf bij een stoplicht en wachtte geduldig tot het licht op groen zou springen. Aan de overkant stond Dieuwertje en zij wachtte ook geduldig op het groene licht. Op het vluchtheuveltje midden op straat ontmoetten zij elkaar. Tijdens hun gesprek op dat zeer minieme eilandje zou het licht nog enkele keren op rood of groen springen.
'Ik zie je niet, Kruier.'
'Waarom loop je dan niet door?'
'Iemand die je niet ziet, hoef je niet te verklaren waarom je iets wel of niet doet.'
'Ik zie jou wel. 't Is weer rood. Kun je die wel zien – die lichten?'
''t Zou beter zijn als ik je ook niet hoorde, Kruier.'
'Ja, het is veel gemakkelijker om je ogen dicht te doen dan je oren.'
'O, ik zie je wel, maar wat ik zie zegt me niks, en daarom zie ik je niet echt, en hoor ik je eigenlijk ook niet.'
'Wat een gezeur.'
'Jij begon ermee.'

"t Is weer groen.'
'Ik zou zeggen: sukkel maar weer verder, Kruier.'
'Ja – je zou me nog helpen, met meetkunde. Vanavond? Ja, kan dat?'
'Misschien kan die Wanda je helpen.'
'Die!! Wat heeft die nou voor verstand van meetkunde!'
'O. Nou, waar heeft ze dan wel verstand van?'
'Niet van meetkunde, nee, niet van die dingen.'
'Jij vindt: meisjes moeten stom zijn – da's het beste?'
'Zei ik dat?'
'Nee, dat zei je niet. Je bent zelfs te stom om zoiets stoms te zeggen.'
'Ik weet meer van meetkunde dan Wanda.'
'Maar van een heleboel dingen, Kruier, weet ze vast veel meer dan jij. Misschien zelfs meer dan ik.'
'O, nee, Dieuwertje, jij weet alles.'
'Van een heleboel dingen weet ik niks.'
'Wat dan?'
'Van al die dingen waar Wanda een heleboel van weet.'
'Waar heb je het over?'
'En ik vind het strontvervelend dat ik dat allemaal niet weet. Maar ik zoek het allemaal zelf wel uit. Heb ik jou niet voor nodig, Kruier.'
'Ik jou wel. Met meetkunde.'
'Hoe vaak zie je die Wanda?'
'Heel vaak.'
'Zo. Heel vaak. Je kan doodvá…'
'Al die uren dat ik in de klas zit.'
'Bedoel je dat! Kijk je dan de hele tijd naar haar?'
'Nou, tussen mij en de leraar zit Wanda. Als ik naar die man kijk, zie ik Wanda vanzelf.'
'Haar rug – achterhoofd?'
'Nou ja, ook wel haar gezicht, want ze praat vaak met een meisje dat achter haar zit.'
'Ja, zo wordt zo'n meid niet slimmer. Als je altijd maar zit te zeuren over niks en niks. En niks en niks is ook weer niks. Geen wonder dat die Wanda zo stom is.'

'Nou ja, wat…?'
'Nou, wat wat??'
'…wat doet het ertoe?'
'Omdat het een meisje is zeker! Stom en mooi, daar schept Ko Kruier behagen in. En ze is niet eens mooi. Stom is ze wel. Kijk je wel es naar mijn achterhoofd tijdens de les?'
'Soms – als ik iets niet begrijp.'
'Wat heb je dan aan het zien van mijn achterhoofd?'
'Niet veel. Toch is het prettig om dan het achterhoofd te zien van iemand die het wel begrijpt.'
'Hoe weet je dat dan?'
'Jij begrijpt…'
'Nee, ik begrijp niks.'
'Weet je zelf natuurlijk het beste. Jij weet ook alles van wat je niet begrijpt.'
'En als ik net zo stom als Wanda zou zijn?'
'Dat kan niet. Met jouw hoofd.'
'Wat mankeert er aan mijn hoofd, Kruier? Wil je een oplazer? Ik begrijp niet dat dat kind jou zo leuk vindt.'
'Ja ja, vindt ze dat, zei ze dat, wanneer, echt?'
'Je lacht in je eentje, Kruier.'
'Ze vindt mij gevaarlijk – maar leuk, nee, daar weet ik niks van.'
'Gevaarlijk! Wat een verbeelding. Verwaande kwast. Nou, ik vind je niet gevaarlijk. Leuk om je weer es gezien te hebben, Kruier, al zag ik je dan ook niet.'
En kordaat vervolgde Dieuwertje haar weg. Terwijl het licht op rood stond.
Ko liep de andere kant op. En ook hem kon het niets schelen dat het stoplicht het hiermee niet eens was.

DIEUWERTJE

1 + 1

Omdat Hitsuiker, de leraar wiskunde, schor zingend de klas binnenkwam, werd Ko met een schok wakker – even keek hij in paniek om zich heen, maar al snel begreep hij dat hij bezig was om aan de leerplicht te voldoen.

Van Hitsuiker werd verteld dat hij nogal veel dronk, maar zelf zei de man daar nooit iets over, nee, die sneed meestal half grommend half pratend allerhande vraagstukken aan betreffende cirkels, driehoeken en rijtjes met letters in plaats van cijfers.

Maar deze middag zag Hitsuiker er wel bijzonder vreemd uit, zijn overhemd hing half uit zijn broek en de knopen zaten niet in de juiste knoopsgaten zodat de bovenkant van de man een vrij rommelige indruk maakte.

'Letten jullie maar niet op mij,' zei hij, 'al wordt er natuurlijk van jullie verwacht dat je wel op mij let – ik, de machtige leraar, de allesweter en vriend van de jeugd, o, wat hou ik veel van jullie! Vandaag ga ik het es extra moeilijk maken. 't Is zeer warm, en een brandende zon activeert de hersens en verhoogt de muzikaliteit, wiskunde is muziek, het zijn mooie composities, stroeve melodieën waar je geen speld tussen kunt krijgen!'

Neuriënd veegde Hitsuiker het bord schoon. 'Vanmorgen,' zong hij zo'n beetje, 'belde mijn mama. Dag ma, zei ik, wat kan ik voor je doehoen? Nu, jongen, zorg goed voor jezelf – bruin brood en veel melk. Ja ja ja mamamama! Zo.' Zeer luid liet hij hierop volgen: 'Vandaag ben ik tegen alles opgewassen. Kruier – kom voor de klas, m'n jongen, hartelapje van me.'

Langzaam stond Ko op, glimlachte verlegen naar de anderen en begaf zich uiterst voorzichtig naar de vrolijke man.

'Een zeer moeilijk, maar ook zeer simpel sommetje vandaag, Kruier. Let op!' En met grote, wat bibberige cijfers schreef Hitsuiker op het bord: $1 + 1 = ?$

Argwanend bekeek Ko het vraagstuk. Je kon moeilijk zeggen dat het niet simpel was, nee, het was zelfs te simpel. Ko nam zichzelf voor om geen 2 op te schrijven, want hij wilde Hitsuiker, die hem grijnzend bekeek, niet teleurstellen.

'Ga je gang, Kruier!'

'Daar moet ik even over nadenken,' zei Ko met zijn wijsvinger op zijn voorhoofd wijzend – ten teken dat hij wel degelijk een beroep deed op de door zijn hersens vergaarde kennis.

'Neem je tijd, jongen, ga niet over één nacht ijs, de verschrikkelijke waarheid kan beter niet te snel genoemd worden. Hier heb je al vast een krijtje. Ja, over dit sommetje hebben grotere geesten dan jij al diep nagedacht.'

Achter Ko fluisterde Dieuwertje zeer hoorbaar: 'Twee, druiloor.'

Ach, het meisje zei hem wel meer voor, maar nu onder schatte ze hem dan toch. En langzaam schreef Ko achter het =teken: $1 + 1$.

Toen hij naar Hitsuiker keek, zag hij dat de man ontroerd was.

'$1 + 1 = 1 + 1$,' zong Hitsuiker. 'Iemand heeft ooit beweerd: $1 + 1 =$ geen 2, maar mocht het zo zijn, dan is dat verschrikkelijk. Jij zult het ver brengen, Ko, tenminste hier,' en de man tikte op de plaats waar zijn hersens verborgen

lagen. 'Maar ze zullen je niet begrijpen, al die aardappeleters, al die liefhebbers van centrale verwarming en doorzonkamertjes, die er allemaal zo zeker van zijn dat één plus één twee is. $1 + 1 = 1 + 1$!! Grandioos! Hadden we ons daar maar meteen bij neergelegd. We zouden onze holen niet verlaten hebben. We zouden geen confectiepakjes zijn gaan dragen, maar hadden ons voor alle eeuwigheid beholpen met dierehuiden, en met het eten van plantjes die overal wel willen groeien. Hallelujah! Leve de profeet Kruier.'
En tegen Ko's klasgenoten riep hij: 'Allemaal! Leve de profeet Kruier!'
De klas morde wat – verstaanbaar was het niet.
Bedroefd vervolgde Hitsuiker nu: 'Nee, het zal ons niet lukken, Kruier, het is nu te laat, we weten al veel te lang dat één plus één twee is – we moeten ermee zien te leven, al word ik er dan ook vreselijk bedroefd van.'
Er biggelden nu een paar tranen over de zeer rooie wangen van Hitsuiker. Hij liep naar het bord en veegde de som weg. 'Maar weer iets eenvoudigs,' bromde hij. En hij schreef een lange reeks getallen en cijfers op. 'Een kind doet de was. En de wereld gaat ten onder. Ja, omdat we zo stom zijn geweest om aan het rekenen te slaan. Ga maar weer zitten, Kruier, dit is een sommetje voor een simpele ziel, daar moet een kei als jij zich niet mee bemoeien.'
Ko was blij dat hij zich weer kon terugtrekken.
En terwijl Klaas Snoeier hakkelend zijn ideeën over een eventuele oplossing van de algebrasom ten beste gaf, dacht Ko na over $1 + 1$.
Nee, dat was lang niet eenvoudig.
Hij keek naar de krijtfiguurtjes op het bord en voelde zich gerustgesteld. Dat kon hij begrijpen, al begreep hij het dan ook niet. Maar dat andere vraagstukje, nee, dat was nog te hoog gegrepen voor hem.

Determineren

Terwijl een felwitte zon onbarmhartig zijn leergierig hoofd bescheen, sjokte Ko in gezelschap van zijn medeleerlingen over een groene vlakte buiten de stad achter Flauwerwop, de leraar biologie, aan. Hij torste een onhandig gemodelleerd boek – *De Geïllustreerde Schoolflora voor Nederland* – met zich mee. Vandaag zouden hij en zijn klasgenoten in de vrije natuur gaan determineren. Met behulp van het wetenschappelijk werk moest Ko achter de Latijnse naam van een toevallig gevonden bloempje zien te komen.
Het was weer eens iets anders.
Ko was wel gesteld op Flauwerwop en diens lessen. Hij luisterde altijd graag naar de man wanneer die opgetogen sprak over de voortplantingsdrift van verschillende dieren. Zonder die voortplantingsdrift, had Ko begrepen, zou er van biologie geen sprake zijn, dus ook niet van Ko Kruier, die dank zij Flauwerwop wist dat hij verwant was aan al het leven op aarde. Het enige verschil met al het andere leven was eigenlijk dat Ko van die verwantschap op de hoogte was, terwijl bij voorbeeld een eend en een kikvors daar geen benul van

hadden, nee, die wisten niet eens dat ze een eend of een kikvors waren. Soms bootste Flauwerwop in zijn geestdrift wel eens het geluid van een parende kangoeroe of van een naar een koe verlangende stier na – kreten die de meisjes in de klas dikwijls verschrikten.
Ko probeerde een zeer onbeduidend bloempje te determineren. Nu, dat viel niet mee, want alles aan het bloempje was nog kleiner dan de lettertjes in de *Schoolflora*.
Ko raakte danig in de war.
Uiteindelijk kwam hij uit bij een lange naam, die bleek te horen bij een bloem die alleen dicht bij het water en tussen het riet wenste te groeien.
Of Ko zat fout, of hij had toevallig een recalcitrant bloempje gevonden, dat zich niet wenste te houden aan wat het geleerde boek voorschreef.
Langzaam rees Ko op uit het lange gras. Hij zou Dieuwertje wel even om raad vragen.
Dieuwertje bleek zich op te houden in het gezelschap van Klaas Snoeier, die net een paars bloempje in haar haren deed toen Ko naderde.
Dat was in het geheel niet de bedoeling van Flauwerwop, wist Ko met grote zekerheid. Ja, wat had dit in vredesnaam met ernstig determineren te maken? Zelden had hij daarbij Dieuwertje zo vrolijk gezien.
'Kunnen jullie mij,' vroeg Ko zeer luid, 'misschien iets vertellen over de nerven van dit bloempje? Zijn die veelzijdig gesplitst of eenzijdig vertakt?'
Maar die twee bleken geen belangstelling te hebben voor Ko's studieprobleem.
'Ik ben Dieuwertje aan het determineren,' zei Snoeier vrolijk. De daad bij het woord voegend pakte hij haar arm beet.
'Flauwekul,' zei Ko nors. 'Flauwerwop wil dat we bloemen determineren – die staan in dit boek.' En hij liet, met het vage vermoeden dat hij ze niets nieuws vertelde, de *Flora* zien en tevens het wat verkreukelde bloempje.
'Waar zitten je meeldraden en zo?' vroeg Snoeier aan Dieuwertje. 'En waar je gekartelde randjes?'

Ja, het geluid dat Dieuwertje nu uitstootte, leek een beetje op kirren. Bedroefd vroeg Ko zich af hoe het mogelijk was dat een ernstig meisje opeens zo met zich liet sollen.

'Jij bent geen bloem, Dieuwertje,' zei Ko, waarop Snoeier een gierende lachbui kreeg hoewel het toch allerminst de bedoeling van Ko was om geestig te zijn.

'Jij moet zelf maar iets zoeken, Kruier,' riep Snoeier. 'Ik zou maar flink mijn best doen, want het is niet niks: een meisje determineren, daar moet je even je hoofd bij houden.'

Ko zag dat Snoeier aan het bloempje rook dat hij in Dieuwertjes haren had gedaan. Zijn gezicht was nu wel erg dicht bij het hare, ja, het leek zelfs of hij aan Dieuwertje rook in plaats van aan het bloempje, hetgeen Ko hoogst ongepast vond.

'Hmm,' zei Snoeier en sloot genotvol zijn ogen.

Ko wachtte geduldig tot Snoeier een optater van Dieuwertje zou krijgen. Zijn geduld werd echter niet beloond. Het meisje plukte alleen maar wat aan haar rok, ze boog haar hoofd zelfs zo dat het nog wat dichter bij dat van Snoeier kwam.

Ko liet ze aan hun lot over.

Of lieten ze hem aan zijn lot over? Nee toch – hij liep van hen weg en niet andersom.

Even later viel Ko over Klaartje Zwiebel, die op haar knieën, met haar gezicht dichtbij het gras, naar een uiterst teer en felgeel bloempje keek. Door zijn val zat Ko nu naast haar.

'Dit bloempje bestaat niet,' zei Klaartje somber. ''t Komt in het hele boek niet voor.'

'Misschien iets nieuws,' zei Ko. 'Mooi hoor, er komt nooit een eind aan de schepping.'

Het meisje keek hem nu dom aan. Ook wat verschrikt. Nu pas kwam ze erachter dat het Ko Kruier was die over haar heen was gevallen. Het bleke meisje droeg tientallen stijf gevlochten vlechtjes op haar hoofd. Toch leek ze niet op een mooi en blank negerinnetje, nee, het was en bleef een bol Hollands meisje.

Ko zuchtte.

Hoe determineerde je een mens? Waar moest je beginnen? Hij zou wel door Dieuwertje gedetermineerd willen worden. Wat was de Latijnse naam voor Ko Kruier? Die bestond natuurlijk niet.

'Zal ik jou even determineren?' vroeg Ko aan Klaartje.

Haar ogen werden zeer groot. Ko kreeg bij het zien van al die vlechtjes jeuk op z'n hoofd.

'Viezerik,' zei ze. Ze stond haastig op en liep met zwaaiende passen naar Flauwerwop, die met vaderlijke gebaren bezig was om Wanda iets van de natuur uit te leggen.

Terwijl hij languit op het gras ging liggen en z'n ogen sloot, dacht Ko: ik wil niet dat Dieuwertje door die Snoeier wordt geplukt.

Oma Jo

1

Zittend in een lege treincoupé was Ko op weg naar oma Jo, de moeder van zijn vader, die zijn ouders had gesommeerd om haar liefste en ook enige kleinkind naar haar toe te sturen opdat hij wat eenvoudige karweitjes voor haar zou kunnen verrichten.

'Die jongen is heel onhandig,' had zijn vader nog door de telefoon gezegd, waarop oma Jo zeer luid, zodat het verstaanbaar was voor alle aanwezigen in de kamer, had geroepen: 'Zelfs de grootste kluns kan wat dingen naar zolder dragen.'

Terwijl Ko op zijn hoofd krabde en naar het voorbijsnellende landschap keek, zag hij in het raam – door het wonder der weerspiegeling – dat de conducteur het kleine vertrek binnenkwam. De man wilde graag zijn kaartje zien.

Met sombere blik tuurde de man naar het kaartje. 'Dat dacht ik al,' zei hij, 'je zit hier gans verkeerd, jongeman.'

'Is dit niet de trein naar Apeldoorn?' vroeg Ko verschrikt. 'Ik moet naar oma Jo, die woont daar.'

'Al woonde je opoe op de maan,' zei de conducteur, 'dan zat je nog verkeerd.'

'Er gaat geen trein naar de maan,' zei Ko, die een gesprek juist als een ander geneigd was tot meligheid, graag ernstig hield. 'Nog niet.'

'Dit is de eerste klas,' zei de conducteur. 'Ik zou maar hup hup naar de tweede gaan, anders moet ik je de trein uitgooien.' De man grijnsde even om te laten blijken dat hij het laatste niet meende.

Ko stond traag op. Een minuutje later stapte hij een zuur ruikende coupé binnen, waar een dame bezig was om zuchtend een sinaasappel te pellen en een zeer zware man bijna geheel verscholen zat achter een opengevouwen ochtendblad. Een slecht begin van de dag, vond Ko, een hele reis om ergens te gaan sjouwen, nee, ik had me het leven leuker voorgesteld. Uit verveling keek hij maar naar de voorpagina van het ochtendblad. *Jeugd terroriseert de binnenstad,* las hij. *De burgemeester heeft strenge maatregelen aangekondigd.* Ook dat nog, dacht Ko. Ja, het zou niet lang meer duren of er zou van hogerhand worden bepaald welke schoenen hij wel en welke hij niet mocht dragen, en hij zou misschien al opgepakt worden wanneer hij op een kauwgummetje sabbelde of zijn handen in zijn zakken had gestoken!

Oma Jo droeg een oude spijkerbroek en dat bracht Ko zo in verwarring dat hij helemaal vergat naar haar gezondheid te informeren en de groeten van zijn ouders over te brengen.

'Je ziet er bespottelijk uit,' zei oma Jo. 'Letten je ouders niet op je?'

'Ik ben er niet altijd om op te letten,' zei Ko. 'Of zij zijn er niet als ik er wel ben, nou, voor mezelf ben ik er natuurlijk al tijd, ik bedoel maar: waar Ko Kruier is, ben ik ook.'

'Je wilt zeker niks drinken,' zei oma Jo. 'Ik zit net even. Hoe vind je de tuin?'

Ko keek naar de tuin en vond niets, daarom zei hij: 'Mooi, oma.'

'Alsjeblieft,' bromde ze, 'wil je me geen oma noemen, ik voel me de laatste tijd juist weer wat beter – nu ik die Pieter eruit heb gegooid.'

'Pieter?' vroeg Ko en hij ging voorzichtig in een van de wankele tuinstoelen zitten.

'Ja, Pieter,' zei oma. 'Een jongeman van over de vijftig. Die hield alleen van doperwtjes en biefstuk, en niet eens van alle doperwtjes, alleen van die hele kleine die je enkel in speciaalzaken kunt krijgen. Hoe groot die biefstuk ook was, twee happen, meer had-ie niet nodig. Ik heb het nog twee maanden uitgehouden. Toen waren al zijn overhemden, onderbroeken en sokken vies, en is hij boos vertrokken. Ik heb nog even naar hem gezwaaid.'

Ko geeuwde. Hij was een beetje moe van de reis. 'Wat moet ik naar zolder brengen?' vroeg hij. 'Is het zwaar?'

'Je hoeft niet te sjouwen, lieve jongen, ik zei maar wat door de telefoon. Ik ga je ook niet als een kras omaatje verwennen. Ik ben moe van het verwennen. Ik heb mijn hele leven allerlei kerels verwend. Daarom heb ik ook in de advertentie gezet: kennismaking gezocht met een zelfstandig persoon, bedreven in de huishouding, niet pijp-rokend, enzovoort – hij kan er ieder moment zijn.'

'Pieter?' vroeg Ko.

'Nee, suffie, die is opgebonjourd. Een vreemde kerel, die we allebei niet kennen. Die wil kennis maken met een goed uitziende weduwe van middelbare leeftijd die van mooie muziek houdt en katten. En jij moet me helpen!'

'Helpen?' vroeg Ko argwanend.

'Jij moet hem keuren,' zei oma Jo. 'Jij moet me straks precies vertellen wat je van 'm vindt, ik ben daar heel slecht in, ik zal je niet al mijn vergissingen opdissen, maar het zou stof zijn voor een aangrijpende en felrealistische roman.'

Ko keek naar zijn oma.

Nee, een echt ouderwetse oma was het niet. Zag hij het goed? Waren haar haren een beetje zachtrood geverfd?

'Daar heb je hem!' zei oma Jo. 'Dat zie ik – die vent daar loopt niet normaal, z'n kont is helemaal gespannen van angst.'

Ko keek en zag hoe een lange en zeer bleke man met een bijzonder klein alpinopetje op zijn kop, bij het tuinhek stond te treuzelen.
Die moest hij dus keuren.
Wat bedoelde zijn oma precies?

2

Ko en oma Jo, die in een schaduwrijk plekje van de tuin zaten, keken vol verwachting naar een lange man met alpino die voorzichtig het tuinhek opende en een paar passen in hun richting waagde.
'Hij is kaal,' fluisterde oma Jo. 'Er zit niks onder die alpino. En hij is al een paar keer geopereerd, waaraan kan ik nog niet zien, maar goed: hij gaat nog wel een paar jaar mee. Geen cent op zak. Maar wel goeie manieren – zolang-ie niet kwaad is.'
Oma Jo glimlachte met de nodige voldoening.
Waarom, dacht Ko, heeft ze in vredesnaam mijn advies nodig? Ik zie niks aan die vent.
De man was nu bij hen gekomen. Hij nam zwierig zijn alpino af en toen Ko zijn kale hoofd zag, was hij trots op zijn oma.
'De weduwe Kruier, veronderstel ik,' zei de man gedragen. 'En dit? Ja, uw zoon! – Een flinke knaap zo te zien, uit de kluiten gewassen.'
'Mijn kleinzoon,' zei oma Jo, 'is niet uit de kluiten gewassen, het is een intellectueel, al weet-ie dat zelf nog niet.'
'Ach, uw kleinzoon,' zei de man terwijl hij oma Jo met zichtbaar genoegen bekeek. 'Het is u niet aan te zien.'
'Ik heb maar één kind gebaard in mijn leven,' zei oma Jo. 'Die slampamper van een vader van hem. U hebt geen kinderen. Hoe komt dat? Egoïsme?'
De man fronste zijn wenkbrauwen. 'Ik heb,' zei hij, 'inderdaad geen kinderen – u doet mij verdriet met deze juiste veronderstelling.'
'Die zijn altijd juist,' zei oma Jo. 'U ziet er keurig uit, maar waarom houdt u 's winters uw sokken aan in bed?'
De man loerde even verlegen naar Ko. 'Een dappere adver-

tentie,' zei hij, 'maar langs onsympathieke wegen worden wel eens aangename oorden bereikt.'
'Wat vind je van 'm?' vroeg oma Jo aan Ko.
'Eh,' zei Ko, 'wat? Nee nee, ja toch?'
'U hoort het,' zei oma Jo. 'Mijn kleinzoon loopt niet met zijn mening te koop.'
'Ik ben zeer nieuwsgierig naar de mening van dit slimme kereltje,' zei de man.
'Dat zou ik maar niet zijn.' Oma Jo haalde even haar neus op. 'Want hij vindt u maar niks.'
Ko hoorde daar van op.
'U ruikt lang aan een glas wijn voor u een slokje neemt,' ging oma Jo verder, 'maar het liefst drinkt u bier.'
'Mag ik nu ook iets raden,' zei de man. Hij legde twee bleke vingers op zijn voorhoofd, sloot zijn ogen en leek nu op een slecht acteur die een diep nadenkend mens speelt. 'Ah ja, ik weet het, u houdt van een glas koele rosé.'
Oma Jo lachte nu luid. 'De onzin,' zei ze. 'Nee, 't kan niks worden, u komt via deze onsympathieke weg niet in mijn bed.'
Even keek de man stiekem naar Ko en lachte vals. 'Een merkwaardige grootmama heb jij, kereltje.'
Ko vond dat hij gelijk had, maar ook dat het niet gepast was om te zeggen. Een grootmoeder had je niet voor het uitzoeken. Wat voor een advertentie je ook liet zetten, in welk veel gelezen blad, het zou je nimmer een echte grootmoeder opleveren. Familieleden waren presentjes die nu eens welkom waren en dan weer eens teleurstelden.
De man lachte al lang niet meer. Hij keek nu zuur.
'De reiskosten,' lispelde hij. 'U begrijpt zeker dat dit korte bezoekje mij geen drieëntwintigguldenzestig waard is.'
'Dat ronden we dan af op vijfentwintig,' zei oma Jo. Ze stond op en verdween in haar huis.
Niet veel later boog de man licht voor hen, terwijl hij zonder ernaar te kijken een bankbiljet in zijn borstzakje schoof. 'Het ga u goed, brave vrouw,' zei hij en verwijderde zich met grote passen.

Ze zaten nog lang in de tuin.
'Sommige kerels,' zei oma Jo, 'zijn zo verschrikkelijk dat je je niet kunt vergissen. Morgen komt er weer eentje. Een beetje hardhorend, stond in de brief. Da's niet gek. Mensen die mij niet verstaan, vinden mij altijd veel aardiger. Heb jij al een, een... een meisje, zoals dat vroeger heette?'
'Ik praat wel met ze – met meisjes,' zei Ko, 'maar ik heb ze niet.'
Oma Jo bekeek hem geamuseerd. 'Een echte Kruier,' zei ze. 'Een volmaakt exemplaar. 't Is jammer dat je je grootvader niet hebt gekend. Die kwam nooit waar hij moest zijn. Als hij met een fluitketeltje op weg naar de keuken was, kwam hij met keteltje en al in het postkantoor terecht. Als hij het bad vol liet lopen, ging hij een uurtje later bij de buren vragen of zij dat merkwaardige watergeplens ook hoorden. Vergeetachtig, die man. Dat was wel handig: als-ie kwaad was, was-ie een minuutje later vergeten waarom. En als hij het de volgende dag weer wist, kon hij er niet meer kwaad om worden. Hij vond het heel vervelend om dood te gaan. Ik dacht: hij gaat niet dood, daar is-ie te vergeetachtig voor. Nog denk ik wel es – straks komt-ie gewoon weer aanzetten, en dan zegt-ie: Op weg naar huis ben ik verdwaald – daarom kom ik maar weer bij jou.'
'Op weg naar huis?' zei Ko niet begrijpend.
'Ja ja, op weg naar huis. Hè, jasses, waar hebben we het nou opeens over! Die man heeft me van mijn stuk gebracht – met zijn rare petje en zijn malle praatjes. Wat zal ik es voor je klaarmaken, Kruier?' Oma Jo liet haar handen op haar knieën kletsen en veerde overeind. 'Ik zal weer verliefd worden. Goedschiks of kwaadschiks – anders ga ik maar piekeren, word ik nerveus van de schemering.'
Ze liep naar het huis.
In het voorbijgaan streek ze even over het hoofd van Ko, die er nog steeds niet veel van begreep.

3
Ko stond middenin een bos niet ver van Apeldoorn en snoof. Een zachte dennegeur prikkelde zijn neusgaten.

Die ochtend had oma Jo gezegd: 'Ruiken is een van de aardigste dingen die er bestaan. Het wordt verschrikkelijk verwaarloosd door de mensen. Ze zijn te vaak verkouden en ze hebben te veel haast – dat zintuig hebben ze mooi de das omgedraaid. Ruik jij nog wel es, Ko?'
'Niet zo vaak,' had Ko geantwoord. 'Misschien wel, ik sta er niet zo bij stil.'
'Er moeten opvangcentra voor ruikgestoorden komen,' had oma Jo eraan toegevoegd. 'De televisie heeft ook veel kwaad gedaan. De mensen zien op dat bleke scherm de ene verschrikkelijke gebeurtenis na de andere, en ook allerlei drama's waarin mensen elkaar meppen uitdelen of acrobatisch omhelzen – ja, maar ze ruiken er niks van. Ga naar de bossen, jongen, red wat er nog te redden valt. Snuif, snuif!!'
En Ko snoof.
Al snuivend kwam hij erachter dat hij een enorme honger had.

Oma Jo zat niet in de tuin en dat verbaasde Ko. Uit het huis hoorde hij een luid gelach komen. Ko ging snel naar binnen en ontdekte dat zijn oma vrolijk gestemd aan een gedekte tafel zat. Tegenover haar had een zeer bejaard en kogelrond mannetje plaatsgenomen.
'Daar hebben we Krelis,' zei het mannetje toen hij Ko zag.
Oma Jo grinnikte. 'Dit is meneer Fliprolda, Ko,' zei ze. 'Ook weer iemand die komt kennismaken – een vrolijk heerschap dit keer.'
Ko ging aan tafel zitten en wilde meteen een kadetje uit het broodmandje nemen.
'Wacht,' zei Fliprolda. 'Wacht, wacht, kan het zijn dat ik daar iets in uw oor zie zitten!'
Ko grijnsde maar even.
Een grote hand – zeker groot in vergelijking met de rest van het mannetje – zwaaide nu bij zijn rechteroor, en liet Ko een paar seconden later een gaaf kadetje zien.
'Meneer is rustend goochelaar,' zei oma Jo.
'Er zijn maar weinigen die dit kunnen,' zei Fliprolda nu ernstig. 'Ja, de meesten presteren het wel om een gulden uit

iemand z'n neus te halen of zo. En een erg handige kwiebus lukt het soms om een pingpongballetje uit iemand z'n oor te toveren – maar een kakelvers kadetje, nee, dat doet niemand me na, da's mijn specialiteit.'

Ko keek met argwaan naar het broodje. Hij voelde er weinig voor om iets te gaan eten dat uit zijn eigen oor was gekomen.

'Misschien,' zei oma Jo, 'kunt u uit zijn andere oor een stukje kaas halen of een plakje leverworst?'

'Mijn vak,' zei Fliprolda, 'da's bittere ernst, zo'n kadetje –daar studeer je jaren op. Een stukje kaas of een plakje leverworst – dat zou ook weer jaren kosten, nee, daar ben ik nu te oud voor.' En hij haalde een felgele zakdoek uit zijn binnenzak, zwaaide er mee en veegde even later zijn bezwete voorhoofd met een rooie zakdoek af.

'Treedt u nog wel eens op?' wilde oma Jo weten.

'Alleen als ze me vragen,' antwoordde Fliprolda. 'Dat komt weinig meer voor – de mensen willen alleen nog maar slanke jongemannen zien – het doet er niet toe of ze prutserig goochelen, als er maar een mooie juffrouw naast ze staat. Ik heb altijd in mijn eentje gewerkt – alleen in hotelkamers, alleen in de trein, alleen in bed. Ik heb mijn vak puur willen houden.'

'En uzelf ook!' veronderstelde oma Jo.

'Ik wil nu wel eens wat aanspraak hebben,' zei Fliprolda terwijl hij een brandende sigaret uit zijn oor haalde en achteloos in zijn mond stak. 'Nu ik wat minder goed slaap en de dagen akelig lang zijn geworden.' Fliprolda sloot zijn ogen. Op hetzelfde moment groeide er uit een van zijn knoopsgaten een paarse, papieren bloem tot volle wasdom.

'Als u in uw eentje bent,' vroeg oma Jo, 'goochelt u dan ook de hele tijd?'

Fliprolda opende één oog en dat ene oog keek zeer verdrietig naar oma Jo. 'Alleen als ik in bad zit ben ik er even vanaf,' zei hij, 'want een blote goochelaar kan niets meer klaarspelen.'

'Een blote goochelaar,' zei oma Jo en ze huiverde even. 'Weet u dat ik me daar nog nooit een voorstelling van gemaakt heb – van een blote goochelaar.'

'Dat is ook maar een gewoon mens,' zei Fliprolda. 'Zonder fratsen en streken.' Hij drukte de brandende sigaret in zijn andere oor, liet daarna achteloos zijn lege handen zien. 'Je wordt je eigen aankleding,' zei Fliprolda treurig. 'Wat is een generaal zonder uniform, een clown zonder raar pakkie? – Een blote man die zich al gauw een beetje allenig voelt.'
Tussen Fliprolda's gespreide vingers verschenen drie pingpongballetjes.
Ko nam voorzichtig een hap van het naakte kadetje.

's Avonds zat oma Jo aan de piano en speelde een traag wijsje.
'Was het weer niks, oma?' vroeg Ko.
'Een amusant mannetje,' zei oma Jo, 'maar hij rook – nou ja, hij stonk niet hoor, maar nee, het was mijn luchtje niet. Jammer. Daarbij – het aardige van een variété-act is toch dat er een eind aan komt.'
Ko voelde zich wat onzeker.
'En hoe ruik ik dan?' vroeg hij.
'Jij!' zei oma Jo terwijl ze wat hemels keek omdat ze net een bijzonder mooi adagio speelde. 'Jij! Ach – wij komen uit hetzelfde hol – dat zijn geuren die niet meetellen, daar ben je aan gewend – dat ben je zelf.'

Als ik leraar was

Met bonzend hart klopte Ko aan bij de kamer van de directeur, die door middel van de conciërge de wens te kennen had gegeven dat hij graag eens een babbeltje met Ko wilde maken. Het derde lesuur was afgelopen en het vierde zou nog even op zich laten wachten.
'Binnen,' hoorde Ko een zware stem zonder vreugde zeggen. Voorzichtig opende Ko de deur, en enkele seconden later sloot hij hem weer even voorzichtig. Hij stond nu in een kamer waar de stilte alleen werd verbroken door een krassende pen. Achter een groot bureau zat een bebrilde man die priegelige aantekeningen maakte in een zeer dik schrift.
Ging het over hem? Zo belangrijk was hij toch niet?
'Kom verder,' zei de man. 'Ga zitten, jongen.'
Ko deed wat hem werd gezegd.
De man schreef rustig verder, hij had er hoegenaamd geen weet van dat Ko naar zijn schrijvende hand keek. Het was een mooie vulpen. Hij kraste ook beschaafd – zoals een goede vulpen behoort te doen.
'Wij moeten,' zei de nog altijd niet opkijkende man, 'eens

even met elkaar praten.'
Er viel een lang zwijgen.
'Bevalt het je op school?' Nu keek de man Ko aan. Ko vond deze vraag meteen al veel eenvoudiger dan het antwoord, dat dan ook weigerde bij hem op te komen.
'Hoe bedoelt u, meneer?' vroeg Ko.
'Sanders, je leraar Nederlands, heeft me dit opstel van jouw hand ter inzage gegeven.'
Ko kreeg nu een paar velletjes papier te zien die hem bekend voorkwamen.
'Ik heb het met belangstelling gelezen. Ook met verbazing. Het onderwerp *Als ik leraar was* heeft je kennelijk wel aangesproken. De eerste zin is vermakelijk.'
Ko voelde zich zeer behaaglijk toen de man las: *'Als ik leraar was, zou ik nooit een pijp roken met Schotse tabak, en ik zou mijn krijtje niet akelig over het bord laten piepen, en ik zou een verhaaltje schrijven met als titel* Als ik leerling was, *dat ik dan aan Ko Kruier zou geven met de hoop in ieder geval een zes te hebben verdiend.'*
De man keek Ko nu zeer ernstig aan.
'Amusant,' zei hij.
Ko lachte, maar krabde ook wat aarzelend op zijn hoofd omdat hij geen verwaande indruk wilde maken.
'Je hebt voor dit opstel een zesmin gekregen,' zei de man en de lach verdween van Ko's gelaat, want hij hoorde nu iets dat hij nog niet wist.
'Maar het gaat,' zei de man, 'nu niet om de prestatie, maar om de inhoud – want je zult willen begrijpen en billijken dat ik geen tijd en gelegenheid heb om me met al die honderden zesminnen te bemoeien, die in dit gebouw met gulle hand worden uitgedeeld.'
Dat begreep Ko.
'Ik lees,' zei de man, 'nu nog even verder.' Hij schraapte zijn keel, keek zeer verbaasd naar Ko's regels en begon gedragen voor te lezen: *'Als ik leraar was, zou dit opstel nooit zijn geschreven, en zou er dus niks op dit papiertje staan. Ja, ook het papiertje zelf zou misschien niet bestaan, en ook niet degene die dit alles op dit moment leest, maar dat ligt nu allemaal anders omdat ik geen leraar ben.'*

De directeur zweeg, hij gebruikte de door hemzelf in het leven geroepen pauze om Ko eens grondig te bekijken.
'Deze zin,' zei hij, 'heb ik twee keer moeten lezen.'
'Ik heb hem in één keer geschreven,' zei Ko glunderend.
'Ik ga,' zei de man, 'verder – met je goedvinden.'
Ko vroeg zich af: wat zal er nu komen? Want hij was het zelf vergeten.
'Als ik leraar was,' klonk het, *'zou ik nooit zeggen 'Doe de ramen dicht' of 'Denk eerst twee keer na voor je iets zegt' of 'Ko Kruier is het levende bewijs dat we van de apen afstammen' of 'Ik heb je een nul gegeven, maar eigenlijk is ook dat nog een veel te ruime beloning' of 'Zolang jullie praten, zal ik stil zijn, en zolang ik stil ben, zullen jullie stom blijven' of 'Wiebel niet met je been, ik wiebel toch ook niet met mijn been, als je met je been wilt wiebelen, doe je dat maar ergens anders, als je nog één keer met je been wiebelt, stuur ik je de klas uit, alleen stommelingen als jij kunnen het niet laten met een been te wiebelen.' Als ik...'* Maar de directeur hield weer op met voorlezen. Terloops vroeg hij aan Ko: 'Wiebel jij zo vaak met je been?'
'Nooit,' loog Ko.
'Als ik leraar was,' zei de man nu voor de zoveelste keer, *'zou ik nooit een sinaasappel pellen in de klas, want dan komt er een vies zoet luchtje en ik bespat leerlingen met sinaasappeldruppels. Als ik leraar was, zou ik niet altijd een gezicht trekken alsof ik alle goeie antwoorden die er bestaan, in mijn kop heb zitten. Als ik leraar was, zou ik eindelijk eens die wonderbril kopen waardoor ik iets van de leerlingen zou kunnen zien. Als ik leraar was, zou ik niet knipogen naar meisjes, of ijverige jongetjes over hun bol strijken, nee, ik zou net doen alsof ik ze allemaal even aardig vond of even vervelend. Als ik leraar was, zou ik misschien slim genoeg zijn om geen leraar te willen zijn. Als ik leraar was, zou ik bijles gaan nemen bij de allerdomste leerling – om op die manier iets van echte domheid te leren, want dat is ook mooi, domheid. Als ik leraar was, zou ik geen lelijke rooie cijfers op volgeschreven blaadjes papier kladden.'*
Jee, dacht Ko, heb ik dat allemaal geschreven! Nu ja, je moet toch iets doen tijdens de les.
De directeur legde de velletjes papier terzijde.
'Dat was het,' zuchtte hij. 'Je kunt gaan.'

'U wilt,' vroeg Ko, 'verder niks weten van me? Ik bedoel: bent u boos op dat opstel?'
'Nee nee,' zei de directeur, 'dat is het niet, maar hm hm.' Hij kuchte nauwelijks hoorbaar. 'Ik wou je alleen es zien, Kruier, ik was zomaar even nieuwsgierig naar je. Dag, jongen, ga maar weer braaf naar de les.'

Regen

Een onbarmhartige regenbui teisterde de straten, fietsers en wandelaars. Ko volgde Dieuwertje, die bijna geheel verscholen ging in een ruime regenjas. Ko was zelf slecht tegen de regen beschermd, maar hij werd liever kletsnat dan dat hij Dieuwertje uit het oog verloor.

Vandaag hadden ze hun laatste rapport gekregen. Weer was Ko op het nippertje overgegaan – met een taak voor wiskunde en eentje voor tekenen.

Voor tekenen! dacht hij woedend. En dat alleen omdat die ambtenaar van een Drop geen gevoel voor kleuren heeft en daarom afwijzend reageert op al dat prachtige paars en rood dat ik in mijn tekeningen verwerk. 'Zachter, zachter,' – ja, dat was altijd het eerste dat hij van Drop te horen kreeg als die weer een echte Kruier in ogenschouw nam. 'Da's geen tekenen, Kruier, da's morsen met kleuren, materiaalverspilling, opnieuw beginnen, vent, en zachtjes zachtjes!'

Het duurde niet lang of Ko liep naast een meisje dat nauwelijks tot zijn schouders kwam, maar dat wel met glans was overgegaan.

'Wil jij die tekening voor mij maken?' vroeg Ko onverschillig. 'Een beetje fletse tekening, met een roze huisje hier en daar, en wat dunne boompjes – zoals jij dat zo netjes kunt en waar die domme Drop zo gek op is?'
Dieuwertje bleef dapper doorstappen, maar zei niks.
'We zitten,' zei Ko, 'volgend jaar niet meer in dezelfde klas.'
'Zaten wij,' vroeg Dieuwertje nu zeer verbaasd, 'dit jaar dan wel in dezelfde klas? Hee, daar heb ik niks van gemerkt.'
Ko was er zeker van dat het meisje niet de waarheid sprak.
'Wat heb jij voor geschiedenis?' vroeg hij.
Dieuwertje snoof even kwaad.
'Ik heb een negen voor geschiedenis,' zei Ko. ''t Is mijn enige negen, dat wel, 't is een beetje een eenzaam gezicht, die negen, net of-ie verdwaald is, een graaf tussen het gewone volk. Nou, wat heb jij voor geschiedenis?'
'Een zeven,' gromde Dieuwertje.
'Tátátátá,' zei Ko. 'Da's niet veel.'
'Mijn enige zeven – waar bemoei je je mee, opschepper?'
'Nou, ik wil je wel es helpen met geschiedenis – je een beetje uitleggen wat er zoal gebeurde in al die eeuwen dat wij nog niet bestonden.'
Dieuwertje bleef nu staan en Ko volgde haar voorbeeld.
'Je wordt nog ziek,' zei ze. 'Waarom draag je geen behoorlijke regenjas?'
'Misschien ga ik wel dood. Vragen ze aan mijn pa en ma: waar is die arme jongen aan gestorven? Verkoudheid, mopperen ze. O, wordt er dan gezegd, gelukkig dus niks ernstigs.'
Dieuwertje moest lachen, terwijl ze eigenlijk niet wilde lachen, daardoor bewoog haar neus nogal zenuwachtig.
'Ja,' zei Ko, 'jij bent zo goed in wiskunde – verstandig van je dat je die richting hebt gekozen. Ik ben weer veel beter in talen.'
'Ik ben ook veel beter in talen dan jij,' zei Dieuwertje.
'Dat bedoelde ik niet. Ik bedoelde: ik ben weer veel beter in talen dan ik – Ko dus – in wiskunde ben. Ja, dat zegt niet veel – ik kan ook veel harder lopen dan een slak.'
'Nou nou,' zei Dieuwertje troostend, 'zo erg is het niet.'

'Maar zo erg wordt het nog wel,' zei Ko somber. 'Ik ben bang dat ik almaar dommer ga worden, en dat kan niet de bedoeling zijn van leren en op school zitten. Nee toch? Maar ja, misschien verbeeld ik me dat alleen maar. Als je slimmer wordt, verstandiger of zo, dan denk je misschien dat je stommer wordt en dat je eigenlijk niks weet. Als je weet dat je niks weet, weet je misschien wat meer. Wat jammer dat jij naar een andere klas gaat. Als ik je dan in de gang tegenkom en ik groet je, groet je dan terug? Ik vraag maar. Als je nee zegt, dan groet ik gewoon niet – die dingen kunnen best even geregeld worden.'

Dieuwertje keek hem tijdens een lange stilte zeer duidelijk aan. Onverwachts zei ze: 'Laten we daar maar even gaan staan,' ze wees naar een grauw portiek.

'In dat portiek!' riep Ko luid. 'Jij en ik – meen je dat?'

'Je wordt echt te nat,' zei Dieuwertje. 'Dan word je ziek – en de vakantie is net begonnen.'

Dieuwertje ging hem voor.

Ko zette voorzichtig zijn tas in een hoek. Hij deed zijn koude handen in zijn broekzakken, waar ze wat warmer werden.

Dieuwertje haalde een kraakheldere zakdoek te voorschijn, ze droogde zijn haren zo goed en zo kwaad als het ging.

Ze raakte hem aan.

Dat deed ze in het geheel niet om hem te liefkozen, maar alleen uit zorg. Wel zo aardig, want nu kon hij rustig blijven staan met zijn handen in zijn zakken. Met die ruime jas en die bijna even ruime capuchon was zij niet nat geworden, bij haar viel niets te drogen.

'Als het regent,' zei Ko, 'wordt Wanda altijd door haar vader met de auto gehaald, of door haar moeder – met een andere auto, of door haar oudste broer – met weer een andere auto, de mooiste en de snelste.'

'Let jij daar altijd op?'

'Ach, ze spatten me wel es nat als ze mij op m'n fiets passeren. Zo'n grote golf uit zo'n grote plas. Je kunt beter lopen als het regent. Jee, wat een bui! Die duurt nog wel even.'

'We hebben alle tijd,' zei Dieuwertje.

'Dat laatste,' mompelde Ko, 'dat klonk zo zo?'
'Wat nou,' zei Dieuwertje, 'gewoon een uitdrukking.'
'Nou ja,' zei Ko, 'zoiets zal Wanda nooit zeggen. Niet tegen mij – en vast ook niet tegen iemand anders. Hee! Wat doe je nou?'
'Je neus,' zei Dieuwertje al wrijvende, 'die glimt zo raar.'
'Hebben we nog steeds alle tijd? Of nou een beetje minder alle tijd?'
Dieuwertje knikte hem geruststellend toe.

Dagboek van Ko Kruier

'Zondag... Vanochtend bij het weggooien van allemaal volgeschreven en overbodig geworden schoolschriften, vond ik ook jou, braaf dagboek van me, dat ik al helemaal vergeten was en waarvan ik eerst dacht: hee, dat is nog een mooi leeg schrift, dat kan nog van pas komen – om even later heel treurig te worden omdat het op de eerste twee blaadjes na zo leeg en witjes is. Al die blaadjes waar niks en niemandal van te lezen valt en waar wel van alles had moeten staan, ach, ik werd er zo sikkeneurig van – en het gekke was, ik las er toch een tijdje in, ja, je kunt in een leeg schrift lezen. Het is dan allemaal even mooi en droevig en wit. Maar toch, dagboek, je had een beter lot verdiend. Ja, dan die twee blaadjes waar wel iets op staat! Was dat even schrikken! Wie heeft dat geschreven? dacht ik. Wie is die malloot die zijn kamer die nog altijd even grauw is, had willen verven – in het rood en in het wit? Een goed idee, ja zeker, het zou de boel geweldig opfleuren en in zo'n kamer zou ik vast moeiteloos en trouw een dagboek kunnen bijhouden!
Het was me het jaartje wel. Ik kan er op twee manieren aan denken – ben ik achtergekomen. De eerste manier van denken is saai: dan zie ik mezelf sloom uit bed komen, loopje naar de wastafel, loopje naar de tafel met boterhammen, loopje van trap, loopje naar fiets, met fiets

naar school, loopje in school, loopje naar de klas – precies zoals het was, maar zoals het natuurlijk ook niet was. Maar ik kan er ook veel minder saai aan denken. Dan doen al die loopjes, boterhammen en balpennen die kapot zijn, er niet toe. Veel aardiger. Ik loop samen met Dieuwertje over een dijk, het begint te regenen, zij verliest haar schoen en ik val in een plas, we schuilen in een schuur zonder dak, en er lijkt geen einde te komen aan de regen en aan die middag – wanneer was dat ook alweer? Had het in het midden van het dagboek moeten staan, aan het begin of aan het einde? Maar gek: dat zou ik echt niet weten.
Nu is het vakantie. Pa is verbaasd dat ma niet heeft gespaard voor die vakantie, en ma is verbaasd dat pa niet heeft gespaard. Het was dus als alles een beetje meegezeten had, mogelijk geweest dat ze allebei hadden gespaard – maar gelukkig is er nog wat zonnebrandolie over van vorig jaar. Pa wil dagtochtjes gaan maken. Ja, die zijn leuk tot het moment dat je terug wilt, en als je een tocht erg lang leuk vindt, raak je steeds verder van huis weg, dus: hoe leuker het tochtje heen, hoe minder leuk het tochtje terug, nou ja, je moet wat voor je ouders overhebben.
Als ik zo doorga, schrijf ik het dagboek helemaal vol. En dat mag niet – er moeten nog wat blaadjes overblijven voor volgend jaar, want ik ben vast van plan om mijn leven te gaan beteren. Omdat het niet van anderen moet, maar van mezelf, gebeurt het natuurlijk – hoewel? Soms kan ik mezelf verdomd slim omver praten. Geen flauwekul! Een dagboek, Ko, iedere dag een paar regels – even je hoofd erbij houden. En niet zoiets van: om één uur 's middags voelde ik me een beetje ongelukkig. Dat is te vaag. Dat zegt je niks als je het over een jaar leest. Nee: om één uur haalde ik twee paperclipsen uit mijn borstzakje en deed ze in mijn broekzak, nou ja, je begrijpt wel wat ik bedoel. Of is dat ook het vermelden niet waard? Maar wat moet ik over Dieuwertje schrijven? Die weet beter wat ik van haar vind dan ik zelf.
En natuurlijk verven. Ik zal een baantje zoeken in mijn vakantie, geld sparen zodat ik een bus rooie en een bus witte verf kan kopen. En dan aan de slag! Een fantastische kamer zal het worden – helemaal mijn eigen kamer.